KB248484

널 위해 준비했어

널 위해 준비했어

초판 1쇄 | 2001년 1월 2일

엮은이 | 편집부

펴낸이 | 김영재

꾸민이 | 디자인표현

펴낸곳 | 책만드는집

주소 | 서울 마포구 합정동 428 - 49 4층(121-886)

전화 | 3142 - 1585 · 6

팩시밀리 | 336 - 8908

E-mail | chaekjip@chol.com

등록 | 1994. 1. 13. 제10 - 927호

잘못된 책은 구입하신 서점에서 바꾸어 드립니다.

ISBN 89 · 7944 · 086 · 3 (03810)

널 위해 준비했어

행복은 사랑할 때가 가장 고귀하게 저며 온다.

또한 사랑이 시작되는 시기가 가장 행복하다. 아무것도 원하지 않고, 아무것도 계산하지 않고,

다른 어떤 존재나 타인에 대한 순수한 기쁨에 충만했을 때이다. 진정한 용서는 외면하는 것이 아니라

오히려 그쪽으로 고개를 돌려 손을 내밀어

악수해 주고 다시 마음속으로 받아들이는

의미한다.   — 루이제 린저

편집부 편

나는 산을 정복하기 위해 산에 오르지 않는다. 나를 정복하고자 산에 오르는 것이다.

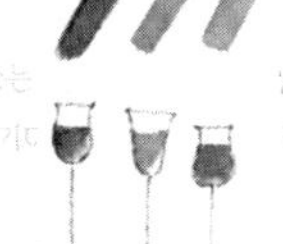

내 마음 안에 우뚝 솟아 있는 산의 정상을 향해

오르고 또 오른다. 보이는 산이야 언제든지 누구에게나

정복되어지기 마련이다. 그러나 보이지 않는   에 자리한 산을 정복하고 싶어한다. 늘상 때묻지 않은 채

성성하게 서 있는 마음의 산을 기다   랑청원의 《마음으로 부르는 이름 하나》 중에서

진실로, 사람이 빛을 발견하는 것은 어둠 속에 있을 때이다.

고 우리가 슬픔 가운데 있을 때 무엇보다도 이 빛이 우리에게 가장 가까이

다가와 있다.   — 마이스터 에크하르트

책만드는집

프롤로그

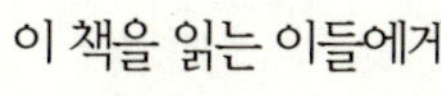

이 책을 읽는 이들에게

세월이 흘러도 변하지 않는 것이 있습니다.
언젠가 들어본 이야기지만 다시 접했을 때 새삼 느끼는 새로운,
그 감동이 가슴에 흘러 느낌으로 다가오죠.

여기에 실린 글들은 그런 느낌으로 다가오는 소설과 시 속의
감동적인 글과 영화 속의 잊을 수 없는 명대사의 만남입니다.

누구에게나 자신에게 특별한 친구가 있죠.
그런 친구에게 들려주고 싶은 이야기입니다.

오늘 하루는 영화나 소설 속의 주인공이 되어 특별한 사람에게
한번 이야기해 보세요.

끝으로 이런 좋은 글들을 한 권으로 엮을 수 있게 허락해 주신
많은 작가분들께 감사드립니다.

차 례

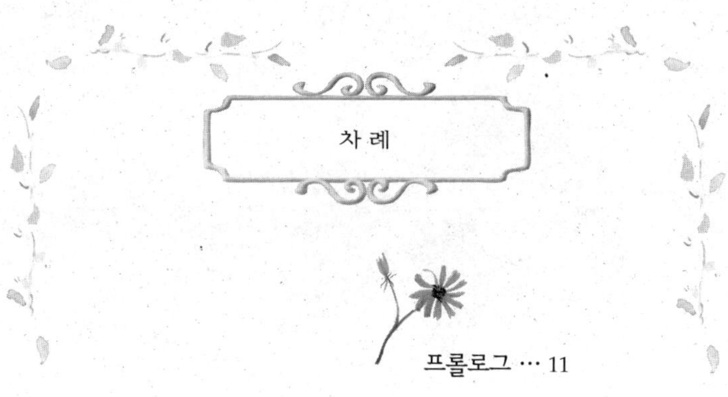

그 사랑은 예정된 것이었다.
아주 먼 시간 저편에서부터 결정되어진
특별한 사랑이었다.

그것은 지금의 나, 백 년 전의 나, 천 년 전의 나,
겹겹의 세월 속의 내가 포개져서 발현된
영혼의 사랑을 경험한 것이었다.

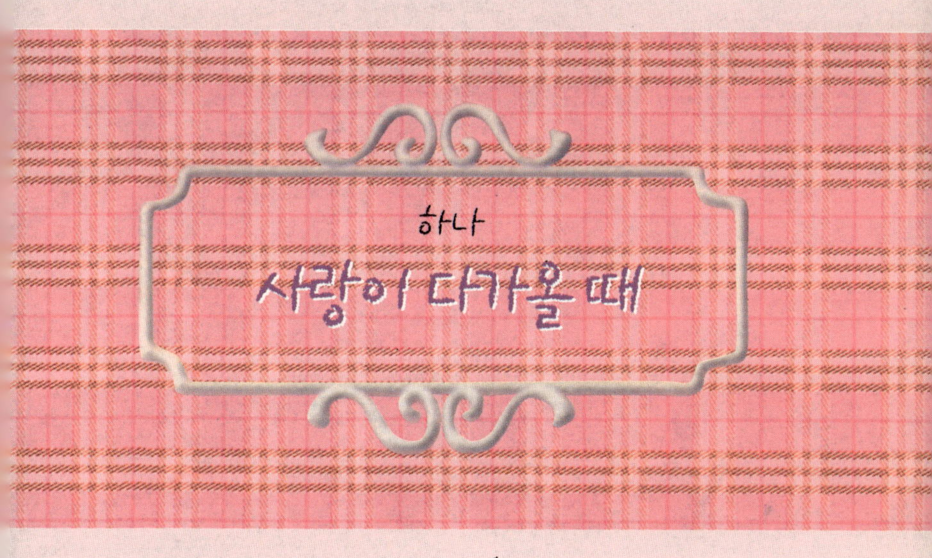
하나
사랑이 다가올 때

이루지 못한 사랑

　세상을 살면서 슬픈 일이란 사랑하는 사람에게 '사랑한다'고 말할 수 없고 사랑하는 사람의 사랑스러운 몸을 만질 수 없는 일이다.

　하지만 그보다 더 슬픈 건 내 마음으로부터 먼 곳으로 이제는 되돌릴 수 없는 먼 곳으로 더 이상 사랑해서는 안되는 다른 남자의 품으로 내 사랑을 멀리 떠나보내는 일이다.

　하지만 그보다 더 슬픈, 세상에서 가장 슬픈 사랑은 사랑하는 사람을 위해 살았고 그 사랑을 위해 죽을 결심을 했으면서도 그 사람을 두고 먼저 죽는 일이다. 미처 다하지 못한 미처 이루지 못한 사랑을 아쉬워하며…….

－하병무의 〈남자의 향기〉 중에서

끝까지 한 여자만을

끝까지 한 여자만을 사랑한 건 정말 잘한 일이야.

당신이 떠난 뒤에야 난 알았네. 사랑의 숙제엔 답이 없다는걸. 사랑이 떠난 뒤 내 가슴에 핀 하얀 기억 속의 너.

너에 대한 모든 추억들이 어제로 밀려와 내 가슴에 알알이 부서질 때 난 알았네. 내 사랑에 이별은 없다는걸.

그러나 나 이제 너를 잊으리.

하얀 기억 속의 너.

우리 다시 태어나 만날 그날을 추억하면 내 가슴 저편 바다에 새빨간 해가 솟는다.

끝까지 한 여자만을 사랑한 건 정말 잘한 일이야.

 —김상옥의 〈하얀 기억 속의 너〉 중에서

영혼의 사랑

그 사랑은 예정된 것이었다.

아주 먼 시간 저편에서부터 결정되어진 특별한 사랑이었다. 그
것은 지금의 나, 백 년 전의 나, 천 년 전의 나, 겹겹의 세월 속의 내
가 포개져서 발현된 영혼의 사랑을 경험한 것이었다.

－양귀자의 〈천년의 사랑〉 중에서

당신 품에 안겨

당신 가슴에 안기면 이 세상 모든 것이 사라집니다. 세상에는 나
를 안아주고 있는 당신이 있을 뿐입니다. 그렇게 당신에게 안겨 있
으면 아무에게도 내가 안 보일 거라는 생각이 들곤 했습니다.

－은희경의 〈그녀의 세 번째 남자〉 중에서

흔적

"사무친다는 게 뭐지?"
"아마 내가 너의 가슴속에 맺히고 싶다는 뜻일 거야."
"무엇으로 맺힌다는 거지?"
"흔적…… 지워지지 않는 흔적."

—안도현의 〈연어〉 중에서

내 안의 당신

이 손으로 껴안고 만지고 체취를 아로새겼으나 곧 새벽빛처럼 사라졌던 당신. 그러나 깊은 밤중이거나 혹은 투명한 한낮의 적요 속에서 나는 당신이 나의 무의식 속으로 틈입자처럼 걸어 들어오는 소리를 듣곤 했지. 나는 당신을 거부할 수가 없었어. 아니 어쩌면 당신으로 이루어진 게 나일지도 몰라. 그래서 두려웠던 거지.

—신경숙의 〈마당에 관한 짧은 얘기〉 중에서

사랑한다면 이들처럼

사랑한다면 그 사랑이 다 소진하기 전에 작별하여야 한다. 아니, 작별을 해야 할 사랑이라면 그 작별을 위한 사랑의 몫을 남겨두어야 한다.

사랑의 대상이 사라진 후에도 사랑의 나머지 부분은 있어야 한다. 사랑의 나머지 부분이, 사랑이 떠난 뒤 삶의 황량한 빈자리를 지켜줄 테니까.

추억한다는 그 자체만으로도 한없이 설레는 떨림을 느낀다면 그것은 진정한 사랑이므로.

—조창인의 〈그녀가 눈뜰 때〉 중에서

사랑과 소유

　사랑과 소유에 대하여 혼동하지 마라. 누군가를 사랑한다는 것과 소유한다는 것은 엄청난 차이를 가지고 있다.

　소유의 본질은 고통이다. 내가 신을 사랑하려면, 먼저 다른 사람들을 신의 품안에 던져주기 위해 스스로 엄청난 고통과 시련을 겪어야만 하는 것처럼 말이다.

　사랑의 본질은 증오이다. 그대와 함께 식사를 한 남자, 혹은 여자에게 마음을 준다면 그대는 곧 그를 미워하게 될 것이다. 이는 애완견들이 그대의 식탁 주위를 어슬렁거리며 음식을 탐하는 것과 같은 이치이다.

－이상각의 〈나를 찾아 떠나는 여행〉 중에서

두 개의 눈

나는 보기 위해 눈을 감는다.

－폴 고갱

너를 보고 있는 동안

    그와 함께 있는 동안 너에게선 샘물 냄새가 났었다. 그때 너는 정말 특별했었다. 늘 어딘가를 맨발로 뛰어다니다 온 것 같은 야생의 냄새. 나, 너가 그와의 맹세를 내 귀에 대고 속삭일 때는 이것이 저것 속에 덮여 있듯이, 내 속에도 너 같은 모습이 살았었다고 너 몰래 생각했었다.

    너는 내 퇴색한 꿈이라고, 이 속으로 걸어 들어오기 전의 내가 꾸었던 꿈이라고. 그리움으로 내 얼굴이 일그러지는 때도 있었지만 너가 행복했으므로 너를 보고 있는 동안의 나도 행복했다.

－신경숙의 〈해변의 의자〉 중에서

무제

오면 민망하고
아니 오면 서글프고
행여나 그 음성
귀 기울여 기다리며
바라기도 하리라
정작 마주 앉으면
말은 도로 없어지고
서로 야윈 가슴
먼 창만 바라보다가
일어서 가면
하염없이 보내리라

   -이영도의 〈무제〉 중에서

떨어져 있을 때

　안 보면 잊어버린다는 속담이 있다. 이것도 절대적인 진리는 아닌 것 같다. 사랑하던 때를 회상해 보라. 서로 만나지 않고 있는 시간 동안에 얼마나 그리워하는가를. 물론 긴 세월을 떨어져 있을 때는 사랑이 식는 두려움을 가질 수도 있으리라. 그러나 진실한 사랑이 식는다는 말이 될 법한가. 사랑은 식는 것이 아니라 넓은 면적으로 확산되기 때문에 식는 것처럼 보일 따름이다.

－오혜령의 〈영혼의 아픔을 겪는 그대에게〉 중에서

사랑의 파도

　로미오와 줄리엣이 사랑에 빠졌던 나이 열네 살. 춘향이와 이몽룡이 사랑에 빠졌던 나이 열여섯. 라스트 콘서트에서 사랑에 빠졌던 나이 스물하고 마흔. 사랑에는 국경이 없다지만 사랑에는 제한 나이도 주책 나이도 없어요.

－정채봉의 〈사랑을 묻는 당신에게〉 중에서

찬란한 슬픔의 바다

바다가 차츰차츰 나를 바꾸어놓고 있어. 창 밖에 바닥을 드러낸 개펄을 보면서 소름 끼치는 외로움에 참을 길이 없다가도 만조 때가 되면 어느새 내 가슴속에는 무엇인지 모를 그리움으로 가득 차오르는 거야. 그립고 외로운 것은 어차피 내가 타고난 운명의 변주곡과 같은 거니까 평생 내가 껴안고 부대끼며 살아야 하는 것이지.

아아, 서울에서는 속에서 미친 기가 날 때마다 회포를 풀곤 했지만 다른 방법이 없어. 그저 바다만 계속 바라보는 거야. 그렇게 멍청히 한동안 앉아 있다 보면 어느덧 내 거친 감정이 안에서 서서히 붕괴되고 가라앉기 시작해. 그런 비애의 감정을 반복해서 맛보면서 어느새 나는 그 슬픔의 바다를 사랑하게 되었어. 나는 바다에 길들여지고 있었던 거야. 날이 갈수록 그런 내 오랜 인내와 침묵과 명상들은 생경한 시어로 둔갑해서 나를 깜짝깜짝 놀라게 한다구. 그러는 동안 내 시의 이미지는 도회적인 감수성에서 벗어나 바다와 자연으로 전이되고 있었어. 섬, 등대, 갈매기, 수평선, 돛배, 어선…… 그리고 바람과 햇살과 모래와 파도, 그 황량하고 질펀하기만 한 개펄.

—유홍종의 〈슬픈 시인의 바다〉 중에서

물기 어린 웃음

    진공 속에서 살아갈 생명은 없다. 그의 부재는 나에게 진공의 세계이다. 그럼에도 나는 이렇게 살아가고 있다. 때로는 햇살이 되고 공기가 되어오는 그의 따스한 체온을 나의 어깨 위에 가득히 받으며……

    "오늘은 어때요?"

    그에게 물기 어린 웃음을 보낸다. 그는 웃고 있을 뿐이다.

－김윤희의 〈잃어버린 너〉 중에서

흐르는 사랑

　사람은 언젠가는 떠난다. 그러니 당장 사람을 붙드는 것보다는 사랑이라는 감정을 훼손시키지 않고 보전하는 것이 더 낫다. 그것은 내가 끊임없이 사랑을 원하게 되는 비결이기도 하다. 사람은 떠나보내더라도 사랑은 간직해야 한다. 그래야 다음 사랑을 할 수가 있다. 사랑에 환멸을 느껴버린다면 큰일이다. 삶이라는 상처를 덮어갈 소독된 거즈를 송두리째 잃어버리는 꼴이다.

－은희경의 〈마지막 춤은 나와 함께〉 중에서

고슴도치 사랑

　추운 겨울날 고슴도치 두 마리가 서로 사랑했네. 추위에 떠는 상대를 보다 못해 자신의 온기를 전해 주려던 그들은 가까이 다가가면 갈수록 서로에게 상처만 준다는 것을 알았네. 안고 싶어도 안지 못했던 그들은, 자신들의 몸에 난 가시에 다치지 않을 정도의 적당한 거리에 함께 서 있었네. 비록 자신의 온기를 다 줄 수 없어도 그들은 서로 행복했네.

　사랑은 그처럼 적당한 거리에서 서로의 온기를 느끼는 것이다. 멀지도 않고 가깝지도 않은 적당한 거리에서 서로의 온기를 느끼는 것이다. 가지려고, 소유하려고 하는 데서 우리는 상처를 입는다. 그들은 서로 적당한 간격으로 떨어져 있지 않은가. 함께 서 있으나 너무 가깝게 서 있지 않는 것, 서로에게 상처를 입히지 않는 것, 그렇게 사랑해야 한다. 그래야 그 사랑이 오래 간다.

－이정하의 〈내가 길이 되어 당신께로〉 중에서

짝사랑

　사랑은 일상을 함께하면서 서로의 꿈에서 서로를 보고 그의 눈빛에서 나의 미래를 보는 것이라고 믿는 사람에게 짝사랑은 사랑이 아니다. 그렇지만 사랑이란 내 손을 떠나 있는 운명 같은 것이어서 그것이 찾아오면 어쩔 수 없이 사랑의 마력에 쩔쩔맬 수밖에 없다고 믿는 사람에게 짝사랑은 아주 중요한 사랑이다.

　그 믿음으로 사랑은 신선한 충격이라고 생각하게 된 사람에게 짝사랑은 사랑의 중요한 측면을 드러내 보여준다. 아무런 보상 없이도 그저 그 사람의 존재 자체가 이 세상의 모든 의미가 되는 것이 사랑이라면, 바로 그 보상을 기대하지 않는 사랑의 순수성을 짝사랑 이상 드러낼 수 있는 것은 없다.

 ─ 이주향의 〈나는 길들여지지 않는다〉 중에서

당신이 있기에

세상의 어떤 술에도 나는 더 이상 취하지 않는다
당신이 부어준 그 술에
나는 이미
취해 있기에.

−류시화의 〈외눈박이 물고기의 사랑〉 중에서

얼굴

당신은 나를 보면 왜 늘 웃기만 하세요. 당신의 찡그리는 얼굴을 좀 보고 싶은데, 나는 당신을 보고 찡그리기는 싫어요, 당신은 찡그리는 얼굴을 보기 싫어하실 줄을 압니다. 그러나 떨어진 복숭아 꽃이 날아서 당신의 입술을 스칠 때에 나는 이마가 찡그려지는 줄도 모르고 울고 싶었습니다. 그래서 금실로 수놓은 수건으로 얼굴을 가렸습니다.

−한용운의 〈님의 침묵〉 중에서

그냥

그냥 좋은 것이
가장 좋은 것입니다
어디 좋고
무엇이 마음에 들면,
언제나 같을 수는 없는 사람
어느 순간 식상해질 수도 있는 것입니다
그냥 좋은 것이
가장 좋은 것입니다

―원태연의 〈원태연 알레르기〉 중에서

너가 아닌 우리

물론 나는 당신을 사랑하고 또한 나를 사랑합니다. 하지만 무엇보다도 '우리'를 사랑합니다.

'당신과 나'인 '우리'를 사랑하고 우리 사이를 사랑하고 서로가 서로에 의해 풍요로워짐을 사랑합니다.

당신이 있음으로 해서 더 총명해지는 나, 내가 있음으로 해서 더 용감해지는 당신. 아름답고 총명하고 재미있는, 서로에게 반한 우리 두 사람.

우리는 서로 부모가 되어주고 아이도 되어줍니다. 또 파트너이자 동료, 친구이자 상담자, 그리고 애인이자 동반자인 우리 사이.

진지한 당신과 활달한 나, 당신으로 인해 나는 더 많이 생각하고 나로 인해 당신은 더 많이 웃습니다.

물론 나는 당신을 사랑하고 또한 나를 사랑합니다. 하지만 무엇보다도 '우리'를 사랑합니다.

-해롤드 H. 블룸필드의 〈사랑을 지속시키는 72가지 방법〉 중에서

고독에 닿은 쓸쓸한 힘

　흔히들 사람들은 사랑이 없어서 고독한 것으로 착각하고 사는 것 같다. 그리하여 사랑을 고독을 없애주는 무슨 특효약이나 강장제 정도로 생각하고 사랑에 뛰어드는 것이다. 그런 사람들은 결국 사랑에 실망하고 이 사랑, 저 사랑으로 돌아다니기 마련인데 그런 사람은 아무리 수천 번의 사랑을 경험했다 하여도 사랑을 안다고 말할 수는 없으리라.

　사랑은 고독을 즉시 치료해 주는 특효약이 아니며, 사랑은 고독을 더욱 고독답게 만들기 때문이다. 사랑이야말로 우리를 고독하게 만들며 고독 속에서 치열하게 싸우도록 만들기 때문이다. 그러므로 사랑은 순간온수기처럼 금방 흐뭇하게 우리의 필요를 충족시켜주는 것이 될 수 없으며 오히려 그 반대의 것인지도 모른다. 그러므로 사랑은 고독을 해소시켜주기는커녕 고독을 더욱 깊게 만든다고 말할 수 있을 것 같다.

－김승희의 〈고독에 닿은 쓸쓸한 힘을 사랑이라 부르고 싶다〉 중에서

타인에 대한 순수함

　행복은 사랑할 때가 가장 고귀하게 저며온다. 또한 사랑이 시작
되는 시기가 가장 행복하다. 아무것도 원하지 않고, 아무것도 계산
하지 않고, 다른 어떤 존재나 타인에 대한 순수한 기쁨에 충만했을
때이다.

　…….

　진정한 용서란 외면하는 것이 아니라 오히려 그쪽으로 고개를
돌려 손을 내밀어 악수해 주고 다시 마음속으로 받아들이는 것을
의미한다.

－루이제 린저의 〈고독한 당신을 위하여〉 중에서

각자 다른 방식

사랑하는 사람을 가지지 마라.
미운 사람도 가지지 마라.
사랑하는 사람은 못 만나서 괴롭고
미운 사람은 만나서 괴롭다.
그러니 사랑을 일부러 만들지 마라.
사랑이 미움의 근원이 되기 쉽다.
사랑도 미움도 없는 사람은
모든 구속과 근심이 없다.

−법정의 〈서 있는 사람들〉 중에서

사랑을 믿는 사람들

지구상에는 사랑을 믿는 사람들과 사랑을 비웃는 사람들이라는 완전히 다른 두 부류의 인간들이 마치 같은 인간인 듯이 뒤섞여 살고 있으며, 인류의 역사는 이 두 세력간의 끊임없는 갈등과 반목의 기록이기도 하다. 예컨대, 사랑하는 남녀가 겪는 번민과 고통의 많은 부분은, 그들을 둘러싸고 있는 사랑을 비웃는 세력과의 싸움에서 비롯하는 것이다.

세상이 이만큼이나마 겨우 아름다운 건, 공룡과도 같은 세력 앞에 외롭게 맞선 사랑하는 여자와 남자들이 어디엔가 곳곳에 숨어 있기 때문이라고 나는 확신한다.

비록 그 싸움의 결과가 여전히 참패라고 할지라도……

－김한길의 〈여자의 남자〉 중에서

영혼의 샘

　내 기억 속의 무수한 사건들처럼 사랑도 언젠가는 추억으로 그
친다는 것을 난 알고 있었습니다. 그러나 당신만은 추억이 되질 않
았습니다. 사랑을 간직한 채 떠날 수 있게 해준 당신께 고맙단 말을
남깁니다.

－영화 〈8월의 크리스마스〉 중에서

자전거

　지금 내가 나에 대해서 말할 수 있는 것이라고는 오직, 어느 날
아침, 나는 혼자가 되어 있더라는 것, 그것뿐이야…….
　어쩌면 고독이, 고독이 나로 하여금 자전거를 타게 만들었는지
몰라. 오직 혼자서만 타게 되어 있는 자전거. 절대로 누구를 그리
워할 필요가 없는 자전거…….

－김인숙의 〈유리구두〉 중에서

사막을 건너는 법

　언젠가 남편이 그랬다. 사람은 누구나 스스로 건너야 할 자신의 사막을 가지고 있는 거라고.

　사막을 건너는 길에 나는 오아시스를 만났다. 푸르고 넘치는 물, 풍요로움으로 가득 찬 오아시스를 지나 나는 이제 그 사막을 건너는 법을 안다.

　한때 절망으로 울며 건너던 그 사막을, 나는 이제 사랑으로 건너려 한다. 어린 새의 깃털보다 더 보드랍고, 더 강한 사랑으로.

－영화 〈편지〉 중에서

바보 같은 사랑

"사랑하면서 친구로 만나는 게 무슨 의미가 있죠?"

"바라만 보는 사랑도 있어요."

"왜 그런 사랑을 하죠? 친구 애인이어서 미리 포기하는 건가요?
아니면 거부당할까 봐 두려워요?"

"난 그 사람을 사랑하는 거지, 사랑 받길 원하는 건 아네요."

"바보 같은 소릴 하는군요. 사랑한다면 사랑 받길 원하는 겁니
다."

"그렇지 않은 사람도 있어요."

-영화 〈접속〉 중에서

느낌만으로

킨케이드가 그녀에게 속삭였다.

"할 이야기가 있소. 한 가지만. 하지만 다시는 이야기하지 않을 거요. 누구에게도. 그리고 당신이 기억해 줬으면 좋겠소. 애매함으로 둘러싸인 이 우주에서 이런 확실한 감정은 단 한 번만 오는 거요. 몇 번을 다시 살더라도 다시는 오지 않을 거요."

– 영화 〈메디슨 카운티의 다리〉 중에서

이별한다면

만약 사귀다가 헤어지게 된다면 남겨지는 쪽보다는 차라리 떠나는 편이 좋아. 알았지?

– 영화 〈에브리원 세즈 아이러브유〉 중에서

단 하나의 약속

　"나의 사랑이여! 저 멀리 있는 달님을 두고 맹세하겠습니다. 세상의 모든 과일 나무들의 가지들을 은색으로 물들이는 달님을 두고 나의 사랑을 맹세하리다!"

　"변덕스러운 달님을 두고 맹세하신다니요! 날마다 변하는 것이 달님이 아닌가요. 그런 달님을 두고 사랑을 맹세하지 마세요. 당신의 저에 대한 사랑이 그렇게 변할까 두려워지는군요."

　"그럼 무엇을 두고 맹세할까요?"

　"맹세 같은 것은 하지 마세요. 그러나 그렇게 하는 것이 당신의 뜻이라면, 당신 자신을 걸고 맹세하세요. 당신은 저의 우상이에요. 제가 믿는 우상요."

 －영화 〈로미오&줄리엣〉 중에서

아주 멀리

사랑, 그것은 쉽게 손에 잡히지 않고 가까이하기에는 너무 멀리 있다.

−영화 〈타락천사〉 중에서

의미

남자는 항상 여성의 첫사랑이 되는 것을 원한다. 반면 여자는 좀 더 미묘한 본능이 있어서 그들이 남자의 마지막 로맨스 상대가 되길 바란다.

−영화 〈트루로맨스〉 중에서

러브 레터

연애 편지는 무슨 말을 해야 할지 모른 채 시작해서, 무엇을 썼
는지 모르고 끝내야 한다.

–영화 〈연애 편지〉 중에서

사랑이란

사랑은 사진과 같다. 그래서 마무리를 위해 암실이 필요하다.

–영화 〈러브스토리〉 중에서

내 생명 다 바쳐서

"난 사랑할 나이예요."

"맹목적인 사랑만으로 결혼한다는 건 말이 안돼."

"사랑하는 건 부끄러운 일이 아니에요, 엄마. 그가 떠나도 우리의 사랑은 영원해요."

"결혼은 돈이 필요해."

"난 죽어버릴지도 몰라요."

"헤어진다고 사랑이 식는 건 아니란다. 아름다운 추억이 기다리는 데 도움이 될 거야. 사랑 때문에 죽는 건 영화에서나 있는 거야. 사랑한다지만 사랑이 뭔지 알기나 하니?"

"표현은 서툴지만 진심입니다."

"사랑이 인생의 전부는 아니란다."

－영화 〈쉘부르의 우산〉 중에서

슬픔 속에서

비바람을 거친 나무가 더욱 의연하듯 사람도 슬픔 속에서 더욱 단련되어지는 것입니다.

사랑이라는 것도 그렇습니다. 헤세가 얘기했듯이 사랑이라는 것은 우리를 행복하게 하기 위해서 있는 것이 아니었습니다. 우리가 고뇌와 인내에서 얼마만큼 견딜 수 있는가를 보이기 위해서 있는 것이었습니다.

−이정하의 〈우리 사는 동안에〉 중에서

잠 못 이루는 밤에

궁금합니다. 언젠가 윗옷 단추가 덜렁거릴 때 바늘로 정성껏 꿰매주던 그대, 찢겨진 내 맘은 왜 이대로 내버려두는지.

그다지 슬프지 않은 영화에도 눈물짓던 그대, 사랑을 잃어버린 슬픔에 싸인 날 위해선 왜 울어주지 않는지.

자신보다 남을 더 챙겨줄 줄 알던 그대, 그댈 그리워하다 지쳐 하루를 마감하는 나는 왜 외면하며 모른 척하는지.

−헤르만 헤세의 〈사랑〉 중에서

더 큰 사랑을 위하여

"사랑은 점유가 아니라, 사랑은 상대방에게 할 수 있는 대로 모든 것을 주는 것입니다."

나는 무엇을 줄 수 있을까요. 아무것도 아깝지 않지만, 당신은 나에게서 필요한 것이 있으신가요? 없으신가요…….

쓰고 싶어도, 못 써서, 답답하여, 당신이 말을 써준 노트를 보며 처음부터 하나씩 읽어보았으나, 내 마음은 없어요.

달빛이 마음을 만져주어요.

당신으로 가득 차니까 나는 쓸쓸해요.

─최명희의 〈메별〉 중에서

투명한 눈 속에

　사랑을 설명하기란 매우 어렵습니다. 사랑이 다만 거기 있을 뿐, 우리는 그것이 어디에서 오고 떠나는지 알 수 없습니다.

　그대가 사랑하는 사람 곁에 가까이 다가가서 맑고 투명한 눈 속을 들여다보십시오. 그곳에 사랑이 그대를 포옹하려고 팔을 뻗치고 있음을 보게 될 것입니다.

　그 사랑은 우리가 함께 있을 때, 우리의 침묵 속에서, 우리의 팔 안에서, 우리의 가슴에서 마치 이른 아침의 햇살처럼 퍼지고 있음을 보게 될 것입니다.

－정명철의 〈우리의 만남은 기다림이 아니고 빛이다〉 중에서

남과 여

모든 남자는 여자 앞에서 신이 되고자 한다. 이와 마찬가지로 모든 여자도 남자 앞에서 여신이 되고자 한다. 이것은 남녀간에 정신의 절정이 오기 쉽다는 것을 뜻한다. 남녀는 서로에게서 작은 우주를 발견하고 그 우주를 큰 우주에 비겨 행복을 취한다.

사랑하는 사람들이 흔히 사랑의 절정에서 "죽고 싶다"고 고백하거나 "세상이 망해도 좋다"고 안심하게 되는 것도 이 때문이다. 하나의 완성은 크든 작든 생과 사를 하나로 만드는 힘이 있다. 남녀의 결합은 하나의 완성이다.

—작자 미상

달팽이의 사랑

　　살아가면서 사랑할 기회는 그리 많지 않다. 아니 사랑할 대상이 그리 많지 않을 거란 게 좀 더 맞는 말일 것이다. 그리고 그 대상이 자기와 맞는 꼴이어야 한다는 이유만으로 우리들은 숱한 이별을 반복하면서 살아간다.

　　사랑은 온전한 소유라고 생각하기에 앞서, 사랑하고 싶을 때 사랑할 수 없을지라도 사랑할 사람이 있다는 것만으로 우린 충분히 위로받을 수 있지 않을까……. 그래서 우리는 끊임없이 찾아간다. 바다를 꿈꾸는 달팽이처럼 평생을 그렇게 사랑을 구원이라 믿으면서 어디론가 향한다.

　　때로는 제자리를 맴돌기도 하고 뒤로 후퇴하기도 하면서 말이다. 그리고 나중에 아주 나중에는 그 자리를 돌아보면서 우리가 얼마나 좁은 곳을 헤매고 있었나를 알게 될 것이다. 마치 바다를 향해 평생을 꿈틀대는 달팽이처럼…….

−드라마 〈달팽이〉 중에서

밤의 기다림

　나는 하늘이 새벽을 기다리며 떠는 것을 보았다. 하나씩 하나씩 별들이 꺼져가고 있었다. 목장은 이슬로 뒤덮였고 공기는 싸늘한 애무의 촉감만을 남겨주었다. 얼마 동안 아리송한 삶이 졸음에 못 이겨 눈을 뜰 생각이 없는 듯 아직도 피로가 가시지 않은 나의 머릿속에는 혼수 상태가 깃들어 있었다.

　나는 숲 기슭까지 올라가 앉았다. 온갖 짐승들은 날이 새게 되었다는 확신 속에서 다시 움직이며 즐거움을 도로 찾았다. 그리고 삶의 신비가 나뭇잎들 사이로 퍼져나오기 시작했다. 그러더니 날이 샜다.

　나는 또 다른 새벽들을 보았다. 나는 또 밤의 기다림을 보았다…….

-앙드레 지드의 〈완전한 삶을 꿈꾸는 이를 위하여〉 중에서

열병

    사랑은 아무에게나 때와 장소를 가리지 않고 불쑥 찾아왔다가 몸 속에 아무런 항체도 남기지 않은 채 문득 떠나버리는 감기 바이러스와도 같은 게 아닐까요. 감염되지 않으려고 잔뜩 긴장하고 대비를 해보았자 다 소용이 없습니다.

    사랑은 어느새 우리의 영 한가운데 자리를 차지하고 심술궂은 요술을 부리기 시작합니다. 속수무책 열병에 빠져드는 거지요. 일부러 영접할 수도, 거절할 수도 없는 그것. 바이러스 같은 것이긴 하지만 어쩌면 신보다도 더욱 분명하고 확고한 실체지요. 그래서 사랑에 빠진 사람들은 다만 그것을 어떻게 치유하고 승화시킬 것인가라는 숙제만을 안게 되는 것입니다.

─구효서의 〈내 목련 한 그루〉 중에서

보일 듯이

멀리 있는 걸 그리워할 순 없어. 정말 견딜 수 없이 그리운 건 가까이 있는 거야. 저렇게 닿을 듯한 거리에 있는 것.

―윤애순의 〈예언의 도시〉 중에서

아직도 그 사람은

먼 훗날 나는 사랑에 대해 말하게 될지 모른다. 하지만 세월이 아무리 흘러도 나는 내가 어떤 사랑을 했는지 말하지 못할 것이다. 그때가 언제이든지 나는 그때도 한 여자를 사랑하고 있을 것이고 내 인생이 끝나는 날까지 그 사랑은 끝나지 않을 것이기 때문이다.

―하병무의 〈들국화〉 중에서

　어느 순간에도 떠날 준비가 안된 방에는 먼지가 쌓이고 공기가 썩는 퀴퀴한 냄새가 나고, 전등은 희미한 빛을 발한다. 만약 우리가 사랑하는 대상에게 자신을 희생하고자 하는 용기가 부족하다면 우리의 사랑은 점점 없어지게 된다. 그것이 우리의 삶인지, 아니면 타인의 삶인지 생각하지 않고 열심히 살아가는 한 살고자 하는 우리의 의지는 살아남는다.

－다그함마슐드의 〈우리를 위한 나의 시간을 찾아서〉 중에서

생명의 신비

여치 한 마리가 불 속에 뛰어듭니다. 빛이 그리워, 따슨 봄이 그리워…….

아, 그렇습니다. 환한 빛이 그리워, 따뜻한 봄이 그리워 불빛에 몸 감추는 새 생명의 신비를 이제야 조금 알 것 같습니다.

―유영아의 〈혼자 서는 너 둘이 가는 사랑〉 중에서

타인의 상처

사랑! 긴 예열 뒤의 운명적인 충돌은 격렬하고 황홀하다. 그러나 아쉽게도 그 불길은 생각보다 그리 오래 지속되는 것은 아니다. 시차에 의해서, 환경에 의해서, 제도에 의해서, 사소한 의견과 습관의 차이에 의해서 다가오는 어찌할 수 없는 이별, 그리고 남는 것은 서로 사랑했던 이들의 내부에 절대로 지워질 수 없는 흔적으로 새겨지는 상처이다.

―김정일의 〈가장 사랑하는 사람이 가장 아프게 한다〉 중에서

빗소리

그대 떠나던 날

나는 빗소리와 함께 젖고 있습니다.

하늘은 빗줄기로 가득 차 있고

나의 빈 마음

무엇으로 채워야 할까요.

그리움과 슬픔으로 채우지 못하고

빗소리에 마음 기대어 보지만

마음 어느 한곳 달램 받지 못하고

강쪽에서 불어오는 바람에

귀를 세워봅니다.

날마다 주고받던 하얀 눈빛

떠날 때 남기신 안녕히 계세요.

지금은 나에게 사슬이 되어

그대의 안부를 몇 번이고 되묻게 하지만

이것이 그대와 이어지는

가장 깊은 언약이라는 것을

빗소리에 젖어갈수록

나는 알았습니다.

−김영재의 〈참나무는 내게 숯이 되라네〉 중에서

준비없는 이별

나에게 있어 이별의 고통을 느끼는 것과 그 이별에 대한 항체가
분비되는 것은 거의 동시에 이루어진다. 음식물이 들어가자마자
침이 분비되는 것과 같다. 이별이 닥쳐왔다는 것을 깨닫자 그것을
녹여 없애기 위한 내 마음속에서는 또 내가 두 개로 나뉘어진다.

―은희경의 〈새의 선물〉 중에서

남자가 여자를 사랑할 때

사랑을 할 때 여자는 남자에게 무슨 얘기든 할 수 있는 사이가
되길 원하고 남자는 아무 말 하지 않아도 되는 사이가 되길 원하며,
여자는 조금씩 조금씩 절반을 주며 남자는 한꺼번에 다 준다는 말
이 있다.

―김수연의 〈떠나는 여자 붙잡는 방법〉 중에서

세상에서 가장 강한 것

　세상에는 강한 것이 12가지 있다. 그 첫째로는 돌이 있다. 그러나 돌은 쇠에 의하여 잘려지고, 쇠는 불에 의해 녹아버린다. 그러나 불은 물을 이기지 못하고 구름 속으로 흡수되어 버린다. 또한 구름은 바람에 의해 이리저리 이끌려 다닌다. 그러나 바람은 인간을 불어 날리지는 못한다. 하지만 인간은 공포에 의해 비참하게 위축된다. 공포는 술에 의해 사라진다. 술은 잠을 자면 깬다. 그러나 잠은 죽음만큼 강하지는 않다. 그러나 그 죽음조차도 사랑 앞에서는 무기력하다.

－마빈 토케이어의 〈탈무드〉 중에서

모래

사랑은 손에 쥔 모래와 같다. 손바닥을 편 채 가만히 있으면 흘러내리지 않는다. 하지만 더 꽉 잡으려고 손을 움켜쥐는 순간, 모래는 손가락 사이로 흘러내리고 만다.

사랑도 그렇다…….

—잭 캔필드의 〈세상을 향해 가슴을 펴라〉 중에서

땅이 끝나는 곳

종점.

그러하였습니다. 마침내…… 나는 도착한 것이었습니다. 그리고 기차는 멈추었고, 땅이 끝나는 곳을 오게 된 것이었습니다. 바다가 시작되는 곳으로 마침내 나는 오게 된 것이었습니다.

출발.

—김성동의 〈바다〉 중에서

사랑이라고 불리는 그것

　사랑이 다른 일보다 더 어려운 일은 그것이 커지기 시작하면 자신조차 감당하지 못하기 때문입니다. 자신을 송두리째 던져주고 싶은 충동…….

　사랑에 빠진 사람은 혼자 지내는 데 익숙해야 합니다.

　사랑이라고 불리는 그것, 두 사람의 것이라고 보이는 그것은 사실 홀로 따로따로 있어야만 비로소 충분히 전개되어 마침내는 완성될 수 있는 것이기에.

　사랑이 오직 자기 감정 속에 들어 있는 사람은 사랑이 자신을 연마하는 일이 됩니다. 서로에게 부담스런 짐이 되지 않으며 그 공간과 거리에서 끊임없이 자유로울 수 있는 것.

　사랑에 빠질수록 혼자가 되십시오. 두 사람이 겪으려 하지 말고 오로지 혼자 겪으십시오.

－이정하의 〈돌아가고 싶은 날들의 풍경〉 중에서

특별한 관계

　지금 눈앞의 저 낯모르는 사람이 피를 콸콸 쏟는다 해도 몇 분 후면 나는 다른 곳으로 시선을 돌릴 것이다. 그러나 만약 어떤 계기로 그를 사랑하게 되면, 그렇게 되면 모든 것은 달라진다. 그가 고개만 조금 숙여도 내 가슴은 미어질 것이며 그의 시선이 가는 방향에 따라 행복해지기도 하고 불행해지기도 할 것이다. 특별한 사람이란 없다. 관계에 의해서 특별해질 뿐이다.

－은희경의 〈너는 그 강을 어떻게 건넜는가〉 중에서

눈부신 추억

　쉽게 산을 오른 사람은 그 산에 대해 알지 못하고 지나치게 강한 사랑, 지나치게 오랜 사랑은 사람을 바꾸어놓기도 한다.

　그래, 너무나도 눈부신 추억이었다. 맑디맑은 한 떼의 추억들이 조용한 이별을 선동하고 우리 불안한 안식 속으로 한 잎의 삐라가 뿌려졌다.

　우린 왜 사랑하면서도 나뉘어야만 하는가. 우린 왜 사랑하면서 함께 있지 못하고 사랑의 이름으로 흩어져야 하는가…….

－하병무의 〈눈물〉 중에서

사랑 그대로의 사랑

　내가 당신을 얼마만큼 사랑하는지 당신은 알지 못합니다. 하지만 언젠가는 당신도 느낄 수 있겠지요. 비록 그날이 우리가 이마를 맞댄 채 입맞춤을 나누는 아름다운 날이 아닌, 서로가 다른 곳을 바라보며 잊혀져가게 될 각자의 모습을 안타까워하는 그런 슬픈 날이라 하더라도 나는 후회하지 않습니다. 내가 당신을 사랑하는 건 당신께 사랑을 받기 위함이 아닌, 사랑을 느끼는 그대로의 사랑이기 때문입니다.

－화이트의 노래 〈사랑 그대로의 사랑〉 중에서

큐피드의 화살

    사랑을 큐피드의 화살에 비유하는 것은 그만큼 일상적이 아니고 어느 날 갑자기 엄습하는 사랑의 특성 때문이다. 사랑을 일상적으로 만드는 데는 남녀의 정열과 매력의 강렬함의 정도, 서로를 감싸고 이해하려는 성실성, 그리고 무엇보다 자신을 상대방에게 던질 수 있는 힘에 달려 있다.

—작자 미상

빈자리

    사람은 없어 봐야 그 빈자리를 안다. 있던 가구를 치울 때면 오히려 그 자리가 신선하게 느껴지기도 하지만, 사람은 다르다. 그 사람의 빈자리가 드러나면서 다가오는 서글픔과 불편함…… 그것은 때론 그리움으로까지 이어지지 않던가.

—한수산의 〈거리의 악사〉 중에서

마주보기

　은행나무는 서로 마주보아야 꽃이 핀다고 합니다. 산너머 저쪽
먼 곳에 있는 나무끼리 서로 마주봐야 열매를 맺을 수 있다고들 합
니다. 사람의 마음도 그런 것일까요?

－한수산의 〈가을나그네〉 중에서

나무의 나이테가
우리에게 가르치는 것은
나무는 겨울에도 자란다는 사실입니다.

그리고 놀라운 것은 겨울에 자란 부분일수록
여름에 자란 부분보다
훨씬 단단하다는 사실입니다.

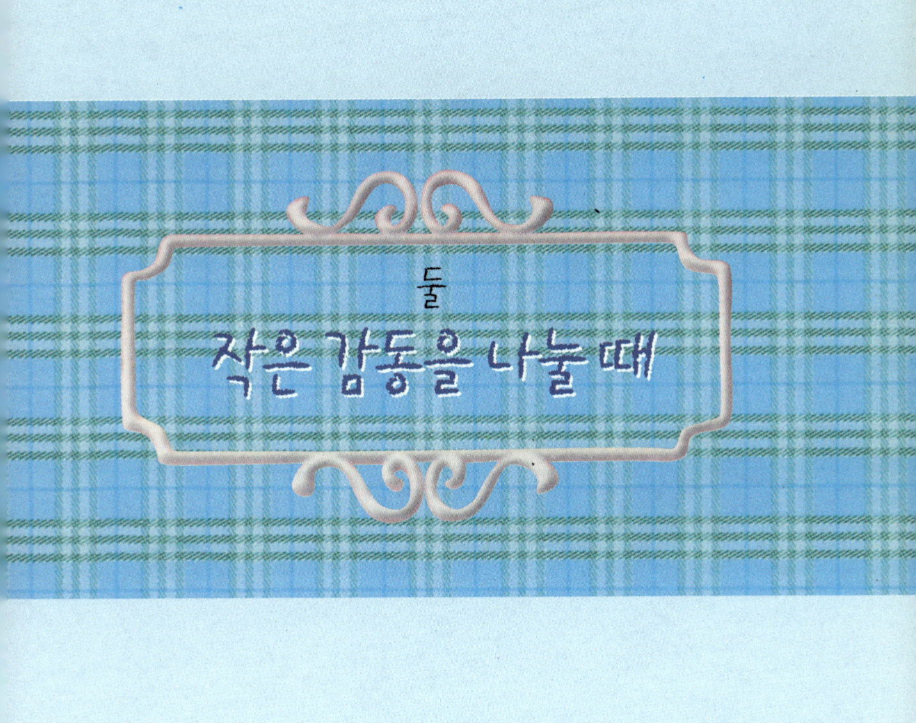
둘
작은 감동을 나눌 때

사색으로부터의 자유

　내 생각의 실마리는 흔히 버스 안에서 이루어진다. 출퇴근 시간의 붐비는 시내버스 안에서 나는 삶의 밀도 같은 것을 실감한다. 선실禪室이나 나무그늘에서 하는 사색은 한적하긴 하지만 어떤 고정관념에 갇혀 공허하거나 무기력해지기 쉬운데 달리는 버스 안에서는 살아 움직이고 있다는 생동감을 느낄 수 있다.

　종점을 향해 계속해서 달리고 있는 버스는 그 안에 실려가는 우리들에게 인생의 의미를 적잖게 부여하고 있는 것이다.

　산다는 일이 일종의 연소요, 자기 소모라는 표현에 공감이 간다. 그리고 함께 타고 가는 사람들의 그 선량한 눈매들이, 저마다 무슨 생각에 잠겨 무심히 창 밖을 내다보는, 그래서 조금은 외롭게 보이는 그 눈매들이 나 자신을 맑게 비추고 있는 것이다. 그 눈매들은 연대감을 갖게 한다. 이 시대와 사회에서 기쁨과 아픔을 함께하고 있다는 그러한 연대감을.

－법정의 〈무소유〉 중에서

깨져버린 꿈

　지독히 가난한 여인이 있었습니다. 어느 날 그 여인은 머리에 꿀 항아리를 이고 장으로 가고 있었습니다. 길을 가면서 그녀는 그 꿀을 팔면 달걀 한 줄을 사야겠다고 생각했습니다. 그 달걀을 부화시키면 닭이 나올 것이고, 그러면 그 닭을 판 돈으로 양을 사고 또 소를 사고 그렇게 계속하면 다른 이웃들보다 훨씬 부자가 될 것이라고 생각했습니다.

　그 여인은 상상 속의 재산을 가지고 이런 생각들을 하기 시작했습니다. 아들, 딸은 어떻게 결혼시킬까? 며느리와 사위들이 두루두루 모여사는 그 거리를 어떻게 삐기며 지나다닐까? 그렇게 가난하던 내가 큰 재산을 모았으니 사람들이 그 행운에 대해 뭐라고 말할까?

　　생각이 여기에 이르자 자신의 밝은 앞날이 너무나 행복해 보여
서 그녀는 큰소리로 웃어대기 시작했습니다. 너무나 기쁜 나머지
그녀는 자신의 이마를 치며 웃었고 그 순간 꿀 항아리는 바닥에 떨
어져서 박살이 났습니다. 깨져버린 항아리를 본 그녀는 꿀 항아리
로부터 얻게 될 것이라고 생각했던 모든 것을 잃었다는 것을 알고
는 너무나 비통하게 울었습니다. 허황된 것에 모든 희망을 다 걸고
있었는데 결국 그녀가 생각했던 것들이 아무것도 이루어지지 않았
기 때문이었습니다.

-후안 마누엘의 〈선과 악을 다루는 35가지 방법〉 중에서

빛과 어둠

　인간이 빛보다 어둠을 사랑하는 이유는 그들의 행위가 약하기 때문이다. 그들은 자기의 약한 행위를 감출 수 있다고 생각하기 때문에 어둠을 사랑한다. 또 자기들의 죄와 비참을 드러내어 자신들 안에 있는 선한 생각을 잃게 한다고 하여 빛을 미워하고 있다. 그러한 경우는 비참한 상태로써 그들은 개선되어지지 않고 빛을 볼 수가 없게 되고 만다.

—마더 테레사의 〈삶의 진실 사랑에 싣고서〉 중에서

나이테

　나무의 나이테가 우리에게 가르치는 것은 나무는 겨울에도 자란다는 사실입니다. 그리고 놀라운 것은 겨울에 자란 부분일수록 여름에 자란 부분보다 훨씬 단단하다는 사실입니다.

　햇빛 한줌 챙겨줄 단 한 개의 잎새도 없이 언 땅에 발목을 박고 서서 모진 겨울바람과 찬 서리에도 나무는 팔뚝을, 가슴을 그리고 내년의 봄을 키우고 있습니다.

—작자 미상

내가 되고 싶은 것

"내가 진짜로 되고 싶은 것은…… 호밀밭의 파수꾼이야……. 넓은 호밀밭 같은 데서…… 몇 천 명의 아이들이 있을 뿐 주위엔 아무도 없어. 나 이외에는 어른이 아무도 없단 말이야. 나는 위험한 벼랑 끝에 서 있는 거지. 내가 하는 일이란 누가 잘못해서 벼랑으로 굴러 떨어지는 일이 생기면 그 애를 붙잡아주는 거지. 말하자면 애들은 어디를 달리고 있는지 보지도 않고 뛰잖니? 그런 때에 나는 어디선가 재빨리 달려나와서 그 애를 잡아주는 거야. 하루 종일 그 일만 하는 거라구. 즉, 호밀밭의 파수꾼이지. ……내가 정말 되고 싶은 건 그것밖에 없는걸……."

-J.D. 샐린저의 〈호밀밭의 파수꾼〉 중에서

저 혼자만 쓰고 있는 우산

　남을 도울 힘이 없으면서 남의 고정苦情을 듣는다는 것은 매우 마음 아픈 일입니다. 그것은 단지 마음 아픔에 그치지 않고 무슨 경우에 어긋난 일을 하고 있다는 느낌을 갖게 합니다.

　돕는다는 것은 우산을 들어주는 것이 아니라 함께 비를 맞는 것임을 모르지 않습니다만, 빈손으로 앉아 다만 귀를 크게 갖다대는 것이 과연 비를 함께하는 것인지, 그리고 그에게 도대체 무슨 소용이 있는지 의심스럽지 않을 수 없습니다.

—신영복의 〈감옥으로부터의 사색〉 중에서

어리석음이란

　사람은 같은 냇물에 두 번 발을 담글 수 없고 때의 흐름은 다만 나아갈 뿐 되돌아오지 않는 것을. 그러하되 꿈속에 있으면서 그게 꿈인 줄 어떻게 알며 흐름 속에 함께 흐르며 어떻게 그 흐름을 느끼겠는가. 꿈이 꿈인 줄 알려면 그 꿈에서 깨어나야 하고 흐름이 흐름인 줄 알려면 그 흐름에서 벗어나야 한다.

　때로 땅 끝에 미치는 큰 앎과 하늘에 이르는 높은 깨달음이 있어 더러 깨어나고 또 벗어나도 그 같은 일이 어찌 여느 우리에게까지도 한결같을 수가 있으랴. 놀이에 빠져 해가 져야 돌아갈 집을 생각하는 어린아이처럼 티끌과 먼지 속을 어지러히 헤매다가 때가 와서야 놀람과 슬픔 속에 다시 한줌 흙으로 돌아가는 우리인 것을.

－이문열의 〈삼국지〉 중에서

보이지 않는 눈

어느 날 태조 이성계가 무학대사를 가만히 보다가 말했다.

"대사, 대사는 꼭 돼지 같이 생겼구려."

그러자 무학대사는 아무렇지도 않은 듯 태연히 응수했다.

"대왕께서는 꼭 부처님 같이 생겼습니다, 그려."

그 말을 들은 태조가 못마땅해서 말했다.

"내가 대사에게 돼지 같이 생겼다고 했거늘, 대사는 어찌하여 나를 보고 부처님 같이 생겼다고 하는가?"

그러자 무학은 다시 태연하게 대답했다.

"그야 돼지 눈에는 돼지가 보이고, 부처님 눈에는 부처가 보이는 법 아니겠습니까?"

"하하하! 내가 졌소이다."

─정현축의 〈행복한 바보〉 중에서

따뜻한 인생의 의미

　당신은 저에게 따뜻한 인생의 의미를 가르쳐주신 분입니다. 저는 요즘도 때때로 어린아이들에게 구슬이나 그림 딱지를 나누어주곤 한답니다. 그것은 따뜻한 정이 없는 인생이란 얼마나 허무하고 쓸쓸한 것인가를 깨달았기 때문입니다. 이따금씩 저는 그러한 따스한 인정과 부드러움 속에서 행복함을 느낍니다.

-J.M. 데 바스콘셀로스의 〈나의 라임오렌지나무〉 중에서

한 개의 동전

　단 한 개의 동전이 들어 있는 항아리는 시끄러운 소리를 내지만, 동전이 가득 들어 있는 항아리는 소리를 내지 않는다.

-이백수의 〈사랑을 묻는 이 있거든 이대로만 말하리〉 중에서

사랑과 우정

우정은 종종 사랑으로 발전되지만, 사랑은 결코 우정으로 가라
앉지는 않는다.

—영화 〈러브 해즈 매니 페이스〉 중에서

슬픔에게

슬픔이라 일컫는 그대여!
안녕하신가?

또다시 그대 내게로 가깝게 온다면
기꺼이
기꺼이
눈물을 준비하고
행복스레 맞이하리다.

—원성의 〈풍경〉 중에서

가을 편지

　　나무가 미련 없이 잎을 버리듯 더 자유스럽게, 더 홀가분하게 그리고 더 자연스럽게 살고 싶습니다. 하나의 높은 산에 이르기 위해서는 여러 개의 낮은 언덕도 넘어야 하고, 하나의 큰 바다에 이르기 위해서는 여러 개의 작은 강도 건너야 함을 깨우쳐주셨습니다. 그리고 참으로 삶의 깊이에 도달하기 위해서는 하찮고 짜증스럽기조차 한 일상의 일들을 최선의 노력으로 견뎌야 한다는 것을.

－이해인의 〈오늘은 내가 반달로 떠도〉 중에서

향기

향기가 멀리 간다고 해서 다 아름다운 꽃은 아니야.

향기란 오래 머무르지 않고 살짝 스쳐 사라져야만 진정한 향기야. 무조건 멀리 간다고 해서 진정한 향기가 아니야. 향기란 살짝 스쳐 사라짐으로써 영원히 존재하는 거야. 향기가 사라지지 않고 있으면 그것은 냄새에 불과해.

−정호승의 〈당신의 마음에 창을 달아드립니다〉 중에서

연인의 눈

별빛은 늘 사랑하는 마음으로 세상을 살아가는 사람에게 그리고 힘겨운 일 앞에서도 밝게 웃을 수 있는 아름다운 이의 가슴에 또한 울 자유가 있는 연인의 눈에 남아 있는 것이다. 현실을 건강하게 살아가면서도 꿈을 잃지 않는 사람의 미소에 별빛은 살아 있다.

−오혜령의 〈영혼의 아픔을 겪는 그대를 위하여〉 중에서

풀꽃 같은

　뜰로 나간 왕은 꽃과 나무들이 죄다 시들어 죽어가고 있는 것을 발견했다.

　그래서 그들에게 그 이유를 물어보니, 떡갈나무는 자신이 소나무처럼 키가 클 수 없기 때문에 죽어간다고 했고 소나무는 자신이 포도나무처럼 열매를 맺을 수 없기 때문에 시들어간다고 했으며, 포도나무는 자신이 장미나무처럼 꽃을 피울 수 없기 때문에 그런다고 대답했다.

　그때 왕은 그 가운데서도 맘껏 싱싱하게 꽃을 피우고 있는 풀꽃 하나를 발견했다.

　왕이 그 이유를 묻자 풀꽃이 대답했다.

　"당신이 절 심으실 때 맘껏 편히 잘 자라라 하시면서 심으셨기 때문이죠. 그러니까 전 저 자신일 수 있었죠. 저 자신으로 살 수 있었어요."

－박상준의 〈동냥그릇〉 중에서

실존의 그림자

　　우리 모두는 여러 모양의 그림자를 거느리고 살아갑니다. 높은 건물일수록 그림자가 더욱 길게 드리워집니다. 대낮에 그림자를 밟아보신 일이 있으신가요? 자신의 키보다 더 길쭉한 그림자를 발견하고 놀란 어린이는 그림자를 지우기 위해 두 발로 땅을 문질러 짓이기기도 하고 오도카니 웅크리고 앉아 손바닥으로 살살 지워보기도 합니다. 하지만 그림자는 손의 그늘까지 합세하여 더 넓은 면적으로 불어납니다.

　　그림자를 온종일 밟아 없애려다 지친 아이는 풀이 죽어서 마침내 집으로 돌아옵니다. 그리고는 무지개를 쫓아서 또는 뻐꾸기를 따라서 산속으로 들어갔다가 돌아온 날만큼, 공허한 심정으로 등불 앞에 앉습니다. 그는 등불 빛이 벽에 만들어내는 그림자를 다시 보게 됩니다.

　　그는 이번에는 이 그림자를 이용하여 실망을 극복할 묘안을 짜내는 것입니다. 두 손을 맞잡아 등 벽에 빛을 투영하여 얻는 그림자로 개와 고양이, 돼지 등 여러 형태들을 연속적으로 만들며 깔깔거리고 웃습니다. 그는 그림자의 다른 한 면, 휴식의 고마움을 인식하기에 이릅니다.

　　자기의 존재, 자기라는 실존이 책임져야 하는 부분, 그 당위를 저는 그림자라고 생각합니다.

－오혜령의 〈그대 발 밑에 내 꿈을 깔았느니〉 중에서

친구에게

"니가 없다는 게 아직도 실감이 안 나. 아참! 내가 준 운동화는 잘 모시고 있겠지? 냄새는 좀 나지만 그걸 안고 있으면 절대 나를 잊을 수 없을 거야. 그리고 이건 비밀인데, 나도 네 신발을 슬쩍했 단다. 왜냐구? 내가 이담에 커서도 널 기억하기 위해서야. 세상에 서 가장 무서운 병은 외로움이야! 울지 마. 내가 널 지켜줄게."

―로버트 쿤의 〈굿바이 마이 프렌드〉 중에서

이웃과 더불어

할머니가 나에게 잘했다고 칭찬해 주셨다. 뭔가 좋은 일이 생기 거나 좋은 것을 손에 넣으면 무엇보다 먼저 이웃과 함께하도록 해 야 한다. 그렇게 하다 보면 말로는 갈 수 없는 곳까지도 그 좋은 것 이 널리 퍼지게 된다. 그것은 좋은 일이라고 하시면서.

―포리스터 카터의 〈내 영혼이 따뜻했던 날들〉 중에서

마음의 벽

　우리들은 존재와 존재 사이에 있는 공간을 발견하지 못하고 타인과의 사이에 차단하는 벽을 쌓아가며 그 공간을 꽉 메워버리고 있습니다.

　사람들이 그 마음의 벽을 두고 타인을 전혀 보지 않고 자신의 관념으로 상대방을 상상하며 계속 의식하고 주시하면서 서로 마주 보고 있습니다. 마치 봉사와 봉사가 함께 있는 것과 같은 모습입니다.

　'저 사람이 누구인가?' 하는 순수한 관찰을 하지 않고, '저 사람은 이런 사람이구나!' 하고 자신의 인식에 정지시켜 판단해 버립니다.

　사실은 타인에 대해 아무것도 보지 않았는데도 마치 타인을 잘 이해한 것 같은 감정으로 친구를 맞이하고, 이웃을 자칭하면서 관계를 맺고 있습니다.

－정명철의 〈우리의 만남은 기다림이 아니고 빛이다〉 중에서

슬픔에는 더 큰 슬픔을 부어넣어야 한다.
그래야 넘쳐흘러 덜어진다.

가득 찬 물잔에 물을 더 부으면 넘쳐 흐르듯이.
그러하듯이.
이 괴로움은 더 큰 저 괴로움이 치유하고,
열풍은 더 큰 열풍만이 잠재울 수 있고.

셋
삶에 지쳤을 때

절망 아닌 희망

"엄마가 보고 싶을 땐 잠을 자야 해."

"네?"

"꿈꾸면 엄말 볼 수가 있으니까. 엄마가 보고 싶을 때마다 수면 제를 먹고 잠을 청했어. 꿈속에선 앞을 볼 수 있거든."

"꿈에서 깨면 그럼 아무것도 안 보이나요?"

"아무것도 안 보여. 그래서 나 같은 사람한텐 꿈에서 깬다는 게 큰 절망이야."

"절망이요?"

"그래, 그렇지만 이젠 괜찮아. 생각을 바꿨기 때문이야. 희망이 니 절망이니 하는 것들도 다 생각하는 방식에서 비롯되는 거니까. 지금 우리가 손잡고 있는 것처럼 희망과 절망도 손잡고 있을 때가 많거든. 그 애들은 원래 친구 사이니까. 커서 절망을 만나더라도 넌 멀지 않은 곳에 희망이 있다는 사실을 잊지 말아라."

—김재진의 〈어느 시인 이야기〉 중에서

숨은 그림 찾기

단순히 재미로 숨은 그림을 찾는데도 노력이 필요하듯 삶에 숨겨진 의미를 찾는데는 더욱 꾸준한 인내와 노력이 필요하다.

겨울에 숨어 있는 봄, 여름에 숨어 있는 가을, 슬픔 속에 숨어 있는 기쁨, 농담 속에 숨어 있는 진담, 그리고 또……. 숨은 것을 볼 줄 알면 삶이 지루하지 않다.

－이해인의 〈사랑할 땐 별이 되고〉 중에서

누군가의 사랑을 기다리며

좋아하는 사람이 생기기 전에 먼저 자기 자신과 사랑에 빠져보아라. 좋아하는 사람과 함께하고 싶은 일들을 먼저 자신과 함께해 보라.

근사한 음악을 골라줄 사람이 필요하면 스스로 안내 책을 읽고 음악을 골라보아라. 혼자 영화를 보고 자신과 함께 온 것을 즐겨라. 자신에게 도취되어라. 자기 자신과 사랑에 빠질 수 없다면, 다른 누구와 함께 있어도 즐거움을 느낄 수 없고, 깊은 사랑에 빠질 수 없다.

－캐럴 스페너 라 러소의 〈여성을 위한 세상을 보는 지혜〉 중에서

작은 일에 기쁨을

　자신을 불행한 존재라고 생각하는 사람은 아직도 더 불행해질 여지가 남아 있다. 아주 작은 일에도 큰 기쁨을 느끼는 사람에게는 그 어떤 불행도 위력을 상실해 버리고 만다. 그러나 아주 작은 일에도 기쁨을 느낄 수 있는 경지에 이르기까지는 어차피 여러 가지 형태의 불행을 감내하지 않을 수가 없다. 불행이란 알고 보면 행복이라는 이름의 나무 밑에 드리워진 행복만한 크기의 나무그늘 같은 것이다.

－이외수의 〈흐린 세상 건너기〉 중에서

절망의 자리

　돌아가자. 이제 이 심각한 유희는 끝나도 좋을 때다. 바다 역시도 지금껏 우리를 현혹해 온 다른 모든 것들처럼 한 사기사詐欺師에 지나지 않는다. 신도 구원하기를 단념하고 떠나버린 우리를 그어떤 것이 구원할 수 있단 말인가.

　그러나 갈매기는 날아야 하고 삶은 유지돼야 한다. 갈매기가 날기를 포기했을 때 그것은 이미 갈매기가 아니고, 존재가 그 지속을 포기했을 때 그것은 이미 존재가 아니다. 받은 잔은 마땅히 참고 비워야 한다.

　절망은 존재의 끝이 아니라 그 진정한 출발이다…….

－이문열의 〈젊은날의 초상〉 중에서

비상하는 날개

　새는 날개짓을 똑같이 상하로 움직인다. 그 동작의 반복은 변함이 없다. 그러나 이 날개짓을 파닥일 때 새는 앞으로 비상한다. 전진한다. 인생의 의미란 결국 이와 별로 다를 것이 없다. 과거와 현존의 뒤바뀜, 그 반복 속에서 삶은 전진하고 인생은 비약한다. 그렇다면 죽음이란, 의식이 끝나버린 텅 빈 오후의 뜰과도 같은 것이리라.

소녀의 하늘

안네를 생각했습니다.

나치시절 조그만 다락방에 숨어 살던 한 소녀를, 그 숨막힐 듯한 하루하루 속에서도 꿈과 사랑을 배워갔던, 눈이 큰 그 아이를 생각했습니다.

그녀는 기다리고 있었습니다. 전쟁이 지나가기를, 뛰어다닐 풀밭을, 다시 교회의 종소리가 들리는 일요일 아침을, 가족들의 웃음소리가 있는 평화의 날이 오기를 팔딱이는 가슴을 싸안고 기다리고 있었습니다.

그런데…… 나는 왜 하늘을 쳐다볼까.

저에게는 안네가 목마르게 기다렸던 것을 가지고 있습니다. 그런데, 무엇을 그리며 하늘을 쳐다보았을까요. 소녀이기 때문일까요? 언제 어디서나 무엇인가를 꿈꾸듯 기다리지 않으면 안되는 우리들 모두의 이름…… 소녀.

-한수산의 〈가을나그네〉 중에서

마음의 고향

    사람들은 때때로 태어난 고향보다 더 그리워하는 곳이 있다. 그 곳은 마음의 고향. 순수해지고 싶어하는 사람들의 마음의 고향.

    흙은 정직하며 초원은 말이 없다. 대지는 인간의 죄를 묻지 않는다. 대지의 드넓은 포용력은 죄 많은 인간의 마음을 순화시킨다.

－황미나 만화 〈Good－bye Mr. black〉 중에서

낯선 이방인

  사람들이 내게 와서는 말한다. 우리는 여기에 진실로 사랑이 있는지 없는지 모르겠다고. 그들은 아주 오랫동안 허위로 살았다. 길을 잃어버릴 정도로 오랫동안을. 그들은 무엇이 옳고 그릇된 것인지 느낄 수조차 없다. 무엇이 진실이고 가짜인지를. 그들은 와서 말한다. 나는 그녀와 사랑하고 있는데 내가 정말로 그녀를 사랑하고 있는지 어떤지 알 수가 없다고, 이건 무얼 말하는가? 그대는 꾸며져 있다는 것이다. 그대는 자기 자신과 만나는 모든 통로를 잃었다. 그대는 자기 자신과 한껏 떨어져 있다. 그대는 자기 자신에게 낯선 이방인이다. 그대는 꾸며져 있다. 그대는 가짜 헛것이다.

-오쇼 라즈니쉬의 〈배꼽〉 중에서

자유

　날기 위해 믿음은 필요없어 다만 그것을 대비해야돼. 우리는 이 세계에서 배운 것을 통해서 우리의 다음 세계를 선택하는 거야. 천국이란 장소나 시간이 아니야. 천국이란 완전의 상태를 가리키는 거야. 우리 갈매기들은 각자가 모두 위대한 관념이고 자유에 대한 무한의 관념이야.

－리처드 바크의 〈갈매기의 꿈〉 중에서

끝

　결코 끝이라곤 말하지 마라. 비록 우리의 최선인 것이 죽었다 해도 우리 자신까지 죽었다고는 여기지 말자. 하나의 최선이 죽거든 그 다음 최선을 또 만들어내자. 모든 걸 포기했을 때라도 진실의 밑뿌리는 시들지 않으리니.

－김남조의 〈사랑의 이름으로〉 중에서

슬픔 속에 홀로

　슬픔에는 더 큰 슬픔을 부어넣어야 한다. 그래야 넘쳐흘러 덜어진다. 가득 찬 물잔에 물을 더 부으면 넘쳐흐르듯이. 그러하듯이. 이 괴로움은 더 큰 저 괴로움이 치유하고, 열풍은 더 큰 열풍만이 잠재울 수 있고.

—신경숙의 〈깊은 슬픔〉 중에서

고통의 아릿한 달콤함

　기다린다는 것에 대해 생각했습니다. 누군가를 기다리는 일이 아니라, 오로지 나 자신을 위해 기다려주는 일 말입니다. 염산처럼 쓴 고통들이 시간과 함께 익어 향기로운 술이 될 때까지 기다리는 일……. 그러면 언젠가 그 술잔을 들어 이것은 나의 고통이 익은 술이라고 웃으며 이야기할 수 있을지도 모르겠지요……. 그리고 과거의 그 고통의 아릿한 달콤함에 취할 수도 있겠지요…….

—공지영의 〈상처 없는 영혼〉 중에서

침묵

침묵이란 때로 그 어떤 맹렬한 비난이나 질책보다 더 괴로울 수가 있다.

−이문열의 〈젊은날의 초상〉 중에서

걷는 것

보행은 마음을 달래줬다. 걷는 것에는 마음의 상처를 아물게 하는 어떤 힘이 있다. 규칙적으로 발을 하나씩 떼어놓고, 그와 동시에 팔을 리듬에 맞춰 휘젓고, 숨이 약간 가파오고, 맥박도 조금 긴장하고, 방향을 결정할 때와 중심을 잡는데 필요한 눈과 귀를 사용하고, 살갗에 스치는 바람의 감각을 느끼고−그런 모든 것들이 설령 영혼이 형편없이 위축되고 손상되었다고 하더라도 그것을 다시 크고 넓게 만들어 주어서−마침내 정신과 육체가 모순 없이 서로 조화롭게 되는 일련의 현상들이었다.

−파트리크 쥐스킨트의 〈비둘기〉 중에서

마음으로 보아야

어린왕자는 장미꽃들에게 말했다.

"너희들은 내 장미와는 조금도 닮지 않았어. 너희들은 아직 아무 것도 아니야."

"누구도 너희들을 길들이지 않았어. 그리고 너희들도 길들인 사람이 아무도 없어. 너희들은 길들이기 전의 내 여우와 같애. 수많은 여우와 똑같은 여우에 지나지 않았거든. 그러나 나는 그를 친구로 삼았으니까 지금은 세상에서 단 하나밖에 없는 여우가 된 거야."

그 말에 장미꽃들은 아주 어쩔 줄을 몰라했다.

그리고 그는 여우에게로 돌아왔다.

"잘 가. 내 비밀은 여기 있어. 아주 간단한 거야. 잘 보려면 마음으로 보아야 해. 가장 중요한 것은 눈에는 보이지 않거든."

하고 여우가 말했다.

"가장 중요한 것은 눈에는 보이지 않는다."

잊지 않으려고 어린왕자는 되풀이했다.

"네 장미가 너에게 그렇게도 소중한 것은 네 장미를 위하여 잃어버린 시간 때문이야."

"내 장미를 위해 잃어버린 시간 때문에……."

어린왕자는 잊어버리지 않으려고 다시 한번 되풀이했다.

"사람들은 이런 진리를 잊고 있어."

여우가 말했다.

"그러나 너는 그것을 잊어서는 안돼. 언제나 네가 길들인 것에 대해서는 책임을 져야 해. 넌 네 장미에 대해서 책임이 있는 거야."

"난 내 장미에 대해서 책임이 있다……."

내가 길들였기 때문에, 그래서 나의 것이기 때문에 그가 세상에 오직 한 사람처럼 여겨지는 것이고, 그를 위하여 마음을 쏟는 귀중한 시간들 때문에 그가 더없이 소중한 사람으로 생각되고 그래서 사람들은 그 숱한 사람들 속에서 한 사람을 택하게 되는 것이다.

—생텍쥐페리의 〈어린왕자〉 중에서

또 다른 상처

나의 불행에 위로가 되는 것은 타인의 불행뿐이다. 그것이 인간이다. 억울하다는 생각만 줄일 수 있다면 불행의 극복은 의외로 쉽다. 상처는 상처로밖에 위로할 수 없다.

－양귀자의 〈모순〉 중에서

희망은 높은 곳에

희망은 높은 곳에 있는 것입니다. 우리가 괴로울 때 고개를 떨구며 아래를 보는 것은 인간의 본능적 행동입니다. 고개를 떨구고 절망하는 땅에서는 결코 희망은 없는 것이지요.

좀 역설적이기는 하지만 절망적인 순간에 오히려 고개를 치켜드는 사람에게 희망은 주어지는 것이 아닐까요. 그러니까 희망은 절망하고 괴로워하는 약한 자에게 필요하지만, 또한 약한 자에겐 없는 것이 희망입니다.

모든 것이 다 끝장났다 싶은 심한 절망감 앞에서도 꼿꼿이 고개를 들 수 있는 자에게만 희망은 보이는 것이니까요.

－신달자의 〈사랑하고 있는 여자〉 중에서

존재 속으로

그대를 도울 수 있는 유일한 문은 그대 내면에 있다. 그대 자신 속으로 뛰어든다는 것은 존재 속으로 그대를 내던지는 것이다. 그 때 그대는 진실로 전체와 합일됨을 느낄 것이다. 그때 그대는 더 이상 외롭지 않다. 더 이상 혼자가 아니다. 왜냐하면 거기엔 그대 외에 누구도 없기 때문이다.

모든 방향으로, 표현할 수 있는 모든 것으로 확장되어 있는 그대만이 있을 뿐이다.

그대는 나무 안에서 꽃 피어난다.

그대는 흰구름으로 흘러간다.

그대는 태양 안에, 그대는 강 속에 있다.

그대는 동물들 안에, 그대는 사람들 속에 있다.

−오쇼 라즈니쉬의 〈말 없는 자의 말〉 중에서

하나의 우주

　우주라는 것을 너무 어렵게 생각하지 마라. 그대도 바로 하나의 우주이니, 마음의 눈이 뜨이지 않는 자에게는 언제나 큰 것 안에 작은 것이 들어 있으니 마음의 눈을 뜨고 들여다보라. 반드시 작은 것 속에는 큰 것이 들어 있도다. 그대여, 만약 그대도 마음의 눈이 뜨여 있다면 인정하리라. 작은 먼지의 입자 하나도 얼마나 거대한 우주인가를.

－이외수의 〈티처 띠처〉 중에서

공상

　혼자서, 아무것도 가진 것 없이 낯선 도시에, 도착하는 공상을 나는 몇 번씩이나 해보았다. 그리하여 나는 겸허하게, 아니 남루하게 살아보았으면 싶었다. 그러나 무엇보다 그렇게 되면 나는 비밀을 고이 간직할 수 있을 것이다.

－장 그르니에의 〈섬〉 중에서

죽음의 철로

　　나는 나를 용서할 수 있는가. 지금 나는 자학을 하고 있구나. 모든 것이 너무 늦어버린 것이라고 생각하고 있구나.

　　그 상태에서 나는 어떤 소리를 듣는다. 우리 일상의 벼랑 한쪽 옆에는 항상 기차의 철로가 깔려 있다. 평소에는 잘 보이지 않지만 조금만 주의를 기울이면 언제 어디서든 그 철로의 존재와 마주치게 된다.

　　나는 엎드린 채로 그 철로 위에 귀를 대본다…….

　　나를 향해 다가오는 그것은 내 삶의 미래가 아니라, 과거이기 때문이다. 현재를 위협하는 과거라는 위기의 벼랑이 죽음의 철로처럼 우리와 동행하고 있음을 나는 모르고 있지 않은 것이다. 그러니 나는 나를 용서할 수 있는가.

－최수철의 〈얼음의 도가니〉 중에서

타인이라는 터널

오죽하면 타인은 지옥이라고 사르트르는 외쳤을까.

타인이라는 캄캄한 터널을 지나면서 우리도 누구나 몇 번씩은 그의 말을 빌리고 싶었으리라. 그러나 또한 타인이란 우리에게 얼마나 신비하고 화사한 것이랴. 때로는 천국이 아니었으랴. 결국은 우리들 자신도 대상에 대하여 천국과 지옥을 동시에 주는 타인이 아니던가.

만남은 인연이 아니다. 마음 밭의 잡초를 베고 돌멩이를 골라 그가 편히 들어설 수 있도록 스스로를 가꾸는 끝에 얻어지는 결실일 뿐이다. 너, 타인이라는 터널은 내게 있어 언제나 신비롭고도 어두운 긴 터널이다. 그러나 내가 즐거운 마음으로 들어서면 얼마든지 즐거운, 그래서 역시 신비한 터널이기도 하다.

－한영옥의 〈고독에 닿은 쓸쓸한 힘을 사랑이라 부르고 싶다〉 중에서

엉뚱한 상상

　야릇한 취미에 빠져 시간을 보내는 것은 어떨까.
　나뭇잎으로 온몸을 장식하고 신나게 춤을 춰 본다든
지. 때리는 듯 세차게 떨어지는 빗방울을 맞으면서 혹
은 갑작스레 밀려오는 추위에 몸을 부르르 떨며 괴로워하
면서도 묘한 쾌감을 느껴본다든지. 우산이 갑자기 획— 뒤집
어지는 걸 보고 낄낄대거나 점잖은 신사의 모자가 우스꽝스
럽게도 벗겨져 날라가는 걸 보고 휘파람을 분다든지. 남몰래
지붕의 기와나 깡마른 나뭇가지를 획 던져본다든지. 얼굴에
철판을 깐 듯이 유리창을 힘껏 부숴버린다든지.
　……
　배짱이 두둑해지는 듯한 느낌이 들 거다.

－안톤 슈낙의 〈우리를 행복하게 하는 것들〉 중에서

무거운 침묵

　인생길을 걷다 보면, 때때로 어둠을 불사르는 태양이 자취를 감추고 보이지 않을 때가 있습니다. 그럴 때는 분발하기보다는 오히려 참고 기다리는 편이 더 나을 수도 있습니다. 힘겹게 애쓰기보다는 참고 기다리는 편이 더 낫습니다.

　말로 고통을 드러내기보다는 침묵 속에서 홀로 견디는 편이 훨씬 의미 있을 수 있습니다.

　때가 되면 나 자신이 진실 안에서 살고 있었음이 겉으로 드러날 것입니다.

－윤영의 〈사랑하는 사람에게 주고 싶은 책〉 중에서

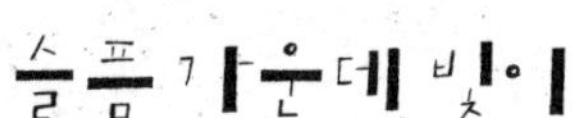

슬픔 가운데 빛이

　진실로, 사람이 빛을 발견하는 것은 어둠 속에 있을 때이다. 그리고 우리가 슬픔 가운데 있을 때 무엇보다도 이 빛이 우리에게 가장 가까이 다가와 있다.

－마이스터 에크하르트

자유를 찾아서

　꿈을 갖고 살든가 희망 없이 죽든가……. 희망의 긴 여행을 떠날 수 있는 자유로운 사람. 무사히 국경을 넘길 희망한다. 그를 만나 포옹할 수 있길 희망한다. 태평양이 꿈속에서 푸르기를 희망한다. 나는 희망한다. 희망한다.

－영화 〈쇼생크 탈출〉 중에서

강렬한 인상들

　가끔씩 이럴 때가 있다. 대개 그 전날은 누군가와 어울려 진탕 술을 마시고 엉망이 된 그러한 날로, 그래서 이불도 제대로 펴지 못하고 눕자마자 곯아떨어진 후, 새벽. 타는 듯한 목, 쓰린 위며 지끈거리는 머리 같은 것들로 마음이 한껏 비참해져 눈을 뜰 때인데 그때 나는 갑자기 주위가 맹렬한 속도로 변화하는 것을 보게 된다. 천장이 엄청나게 높아지는가 하면, 방문은 어느새 대합실의 출입구가 되고, 잠자리는 그대로 길고 딱딱한 나무 벤치로 변해…… 주위는 온전히 작고 초라한 시골역의 풍경으로 바뀌고 마는 것이다.

　그 돌연스럽고 또 약간은 엉뚱한 환각에 대해 나도 정확히는 원인을 알 길이 없다. 그저 막연히 짐작하는 바로는, 지난 삶의 어떤 부분에 대한 내 기억의 턱없는 애착 때문이 아닌가 한다. 하지만 그런 날은 어디 짧은 여행이라도 떠나든가 하다못해 하숙집이라도 옮겨야 할 정도로 그것들이 주는 인상은 강렬하다.

'아직도 역이구나. 나는 또 떠나지 않으면 안되는구나…….'

이것은 그런 새벽 으스름 속에 홀로 앉아 텅 빈 속으로 담배 연기를 빨아들이면서 언제나 내가 마음속으로 중얼거리게 되는 말이다. 그리고 그때는 손가락 사이에서 피어오르는 희뿌연 담배 연기마저 내게는 낯설어지고 만다.

─이문열의 〈이 황량한 역에서〉 중에서

고독한 영혼

　눈물을 흘려본 이는 인생을 아는 사람입니다. 살아가는 길의 험준하고 뜻있고 값진 피땀의 노력을 아는 사람이며, 고독한 영혼을 아는 사람이며, 이웃의 따사로운 손길을 아는 사람이며, 가녀린 사람끼리 기대고 의지하고 살아가는 삶의 모습을 귀하게 평가할 줄 아는 사람입니다.

　눈물로 마음을 씻어낸 사람에게는 사랑이 그의 무기가 됩니다. 용서와 자비를 무기로 사용할 줄 압니다. 눈물로 씻어낸 눈에는 신의 존재가 어리비치웁니다. 강퍅하고 오만하고 교만스러운 눈에는 신의 모습이 비쳐질 수 없지만, 길고 오랜 울음을 거두고, 모든 존재의 가치를 아는 눈에는 모든 목숨이 고귀하게 보이고, 모든 생명을 고귀하게 볼 줄 아는 눈은 이미 신의 눈이기 때문입니다.

－유안진의 〈그대 빈손에 이 작은 풀꽃을〉 중에서

예감

비는 예감을 동반한다.

오늘쯤은 그대를 거리에서라도 우연히 만날는지 모른다는 예감.
만나지는 못하더라도 엽서 한 장쯤은 받을지 모른다는 예감.

그리운 사람은 그리워하기 때문에 더욱 그리워진다는 사실을 비
는 알게 한다. 이것은 낭만이 아니라 아픔이다.

-이외수의 〈흐린 세상 건너기〉 중에서

추억 속에

추억이란 참으로 신비한 능력을 갖고 있지요.

어떤 한순간을 세상의 모든 훌륭한 것과 비교조차 할 수 없이 가장 아름답고 소중하게 채색해 버리고 마는 능력, 모든 일이 다 망각 속에 묻혀버리는 긴 세월이 지나도 오직 한순간만을 선명하게 떠올리게 하는 능력, 괴롭고 아픈 일들은 모두 다 지워버리고 즐겁고 빛나는 한순간만을 마치 그림을 오려서 붙이듯이 또렷하게 남겨놓는 능력을 갖고 있는 것이 추억입니다.

불로 지지듯이 괴롭고 불안했던 나의 지난 시간들이 이 추억의 신비한 능력에 의하여 정화되고 다듬어져서 지금은 오직 눈으로 희디희게 남아 있는 꿈의 알프스만이 세상의 어떤 것보다도 소중하게 나의 가슴에 남아 있습니다.

이 추억을 분명하게 간직하기 위하여 나는 다시는 그 산으로 가지 않으려 합니다. 추억 속에 남아 있는 곳에 다시 찾아가 보았다가, 만일 나의 추억이 조금이라도 변색된다면 얼마나 서글픈 일이겠습니까. 추억이란 늘 일회적인 것이지요. 마치 우리의 삶이 일회적인 것처럼.

－강계순의 〈당신이 어찌하여 이 세상에 있습니까〉 중에서

순간을 영원히

  순간은 잠깐 사이에 흘러갑니다. 흘러가지 못하는 것, 단지 그것은 온갖 성질의 모든 에너지를, 온갖 형식으로 자기의 정신적인 면에서 발전하게 하려는 의지인 것입니다. 즉 미래를 믿어서는 안되며, 현재에 모든 에너지를 집중하고 또한 현재만을 믿어야 합니다.

−발레리

영혼의 상처

사람은 누구나 상처를 입는다.
어떤 이는 한번의 상처로도 생애를 고통 속에서 살아간다.
또 어떤 이는 거듭되는 상처에도 다시 일어서고
또 어떤 이는 상처를 즐기기도 한다.

-하창수의 〈죽음과 사랑〉 중에서

혼자만의 시간

  목이 마를 때 물을 찾듯이 우리는 영혼의 갈증을 느낄 때면 평원이나 들판으로 걸어나간다. 그곳에서 혼자만의 시간을 갖는다. 그리고는 홀연히 깨닫는다. 혼자만의 시간이란 없다는 것을. 대지는 보이지 않는 혼들로 가득 차 있고, 부지런히 움직이는 곤충들과 명랑한 햇빛이 내는 소리들로 가득 차 있기에. 그 속에선 누구라도 혼자가 아니다. 자신이 아무리 혼자뿐이라고 주장해도 혼자인 사람은 아무도 없다.

—시애틀 추장의 〈나는 왜 너가 아니고 나인가〉 중에서

또 다른 방식

　내가 희망을 포기하지 않는 것은 세상과 인간에 대한 또 다른 사
랑의 방식을 깨달았기 때문이다.

　—박노해의 〈사람만이 희망이다〉 중에서

창가에서

　해질 무렵 마음을 비우고 창가에 서면 혼자라도 쓸쓸하지 않다.
　창가에서 바라보는 하늘의 별은 또 얼마나 아름다운가.
　하루 중의 어느 시간을 우리는 창가에서 기도하며 누군가의 맑
은 창으로 열려야 하리라.

　—이해인의 〈고운 새는 어디에 숨었을까〉 중에서

있는 그대로

있는 그대로 받아들여라. 그것이 요구사항이다. 지금 나에게 있어서의 현실을 현실로 받아들여라.

최근에 나는 온갖 사소한 결정을 놓고 초조함을 느꼈었다. 나는 무슨 옷을 입어야 하나? 나는 무엇을 먹어서는 안되는가? 문은 잠갔는가? 내가 걱정을 너무 많이 하는 것은 아닐까? 지금 당장은 그런 불안이 나의 현실이다.

진실과 싸우지 말고, 그것을 직시하라.

내가 원하는 것은 있는 그대로의 나를 받아들이는 것이다.

−휴 프레이더의 《나에게 쓰는 편지》 중에서

인간의 길

    생은 율동 속에서 전진한다. 썰물과 밀물의 파도처럼 시간도 율동의 호흡을 지니고 있다. 밤이 지나면 낮이 오고 낮이 가면 밤이 온다. 그러다가 계절은 바람과 함께 변하여 가고 한 해가 바뀌는 것이다. 뜰 아래 핀 한 송이 꽃이 어느덧 그 색채를 잃고 시들어버리는가 하면, 삭풍 속에서 메말랐던 나뭇가지에 파란 움이 트기도 한다. 잃고 얻고 보내고 맞이하다가 세월은 하나의 연륜을 그린다.

    실망과 희망은 가장 가까운 이웃인 것이다. 실망이 있기에 희망도 있고, 희망이 있었기에 실망이 있는 것. 어린아이들처럼 모래성을 쌓고 허물고, 허물고 쌓는 것이 인간의 생인지도 모른다. 사실 인간의 길엔 진행형만이 있을 뿐이지 결론은 없는 것이라고 할 수도 있다.

-이어령의 〈당신은 아는가 나의 기도를〉 중에서

어디로 가고 있는지

5월에는 희망이 없다면 절망이라도 해야 한다. 나는 몇 날 몇 밤이고 내가 하고 싶은 일에 기진맥진할 때까지 매달리고 싶다.

절망이라도 좋다. 그 극한에까지 다가가고 싶다. 그리고 죽은 듯 열흘쯤 잠에 빠져보고 싶다.

어디로 가고 있는지 모른다고 가는 걸 중단해야 할 이유는 없다.

－장석주의 〈절망에 대해 우아하게 말하는 방법〉 중에서

보금자리란 아름다운 곳이다.
그리고 그곳이 진정 아름다운 곳이려면
그 보금자리의 문도
언제나 활짝 열려져 있는 상태이어야 한다.

그래야 그곳에 살고 있는 새가
자유롭게 비상할 수 있고
쉬려오는 새가
새의 본성을 잃지 않은 채 살아갈 수 있다.

넷
가벼운 미소 지을 때

해바라기

　사람에게는 미래가 바로 해바라기가 바라보는 태양일 것이다. 그 해바라기가 아름다운 이유는 밝은 태양을 향해 언제나 스스로를 곧추세우기 때문이 아니겠는가.

－장미희의 〈내 삶은 아름다워질 권리가 있다〉 중에서

낯선 친구

　느끼고 생각하는 사람에겐 독서란 사랑의 또 하나의 이름이다. 주위가 어지러울 때, 마음의 아픈 덩어리가 좀처럼 삭지 않을 때 책과 마주 앉아 버티다 보면 어지러움이 가시고 아픔이 풀릴 수 있는 어떤 것으로 변모될 때가 많다. 술을 마심으로써 이겨내기도 해보았으나, 술은 너무도 정직한 친구와 같아서 한번 빌려갔던 어지러움이나 아픔을 약간 구겨지긴 했지만 다음날 어김없이 다시 돌려주는 데는 질색이다.

－황동규의 〈풍장〉 중에서

새로운 것의 낯설음

　나이가 들수록 새로운 사람, 새로운 만남이 혹시 사랑으로 오더라도 왠지 두렵다. 누가 이것을 케케묵은 생각이라 비웃어도 어쩔 수 없다. 항아리 속의 오래된 장맛처럼, 낡은 일기장에 얹힌 세월의 향기처럼, 편안하고 담담하고 낯설지 않는 것이 나를 기쁘게 한다.

　새 구두를 며칠 신다가도 이내 낡은 구두를 다시 찾아 신게 되고, 어쩌다 식탁에서 자리가 모자라서 두리번거리다가 새 얼굴인 수녀들이 오라고 해도 오래전부터 알고 지낸 벗들을 얼른 찾아가게 된다.

　새로운 것에 적응하면서 살 수 있는 개방성과 신선함이 좋은 것을 모르지 않으면서도 역시 옛것이 좋고 오래된 것, 낯익은 것을 집착하는 나이기에 가끔은 답답하리만큼 보수적이고 고루하다는 평을 듣는지도 모르겠다.

－이해인의 〈사랑할 땐 별이 되고〉 중에서

동화 속 세계

　동화는 단순히 아이들의, 아이들을 위한 이야기가 아니다. 동화는 아이들의 세계에 관한 이야기다. 동화의 세계는 계산과 과학, 효율과 이성에 의해 지배되는 어른들의 세계 밖에 있다.

　대개의 경우 사람들은 나이가 들어가면서 동화 읽기에 흥미를 잃어간다. 그 이유는 여러 가지가 있을 수 있겠지만 가장 중요한 이유는 우리가 그만큼 동화의 세계에서 멀어져가기 때문일 것이다. 계산이 개입되기 이전의 사람과 사람 사이의 순수한 만남의 세계, 과학과 이성에 물어보고 그 잣대로 자연을 들여다보기 이전, 즉 느낌과 영혼으로 별과 바람과 풀을 만나던 그 세계에서 멀어져가고 있기에 동화 속 세계에 재미를 잃어간다고 할 수 있다.

　어른이 된 우리들, 어른들의 세계에 너무 일찍 눈떠버린 조숙한 아이들에게는 동화의 세계가 더 이상 매력적이지 않다.

－작자 미상

젊은이들이여

잃었던 젊음을 잠깐이라도 만나본다는 것은 헤어졌던 애인을 만나는 것보다 기쁜 일이다. 헤어진 애인이 여자라면 뚱뚱해졌다거나 말라 바스러졌거나 둘 중이요, 남자라면 낡은 털 재킷 같이 축 늘어졌거나 그렇지 않으면 얼굴이 시뻘개지고 눈빛이 혼탁해졌을 것이다.

젊음은 언제나 한결같이 아름답다. 지나간 날의 애인에게서는 환멸을 느껴도, 누구나 잃어버린 젊음에게서는 안타까운 미련을 갖는다.

나이를 먹으면 젊었을 때의 초조한 번뇌를 해탈하고, 마음이 가라앉는다고 한다. 이 마음의 안정이라는 것은 무기력으로부터 오는 모든 사물에 대한 무관심을 말하는 것이다. 무뎌진 지성과 둔해진 감수성에 대한 슬픈 위안의 말이다. 늙으면 플라톤도 허수아비가 되는 것이다. 아무리 높은 지혜도 젊음만은 못하다.

"인생은 사십부터"라는 말은 "인생은 사십까지"라는 말이다. 다른 것은 몰라도 내가 읽은 소설의 주인공들은 구십삼 퍼센트가 사십 미만의 인물들이다. 그러니 사십부터는 여생인가 한다. 사십 년이라면 인생은 짧다. 그러나 생각을 다시 하면, 그리 짧은 편도 아니다.

—피천득의 〈수필〉 중에서

허물 벗기

　어렸을 때 우리 집으로 들어오는 길목엔 커다란 창고 하나가 있었다. 집에서 어디로 나갈 때나, 나갔다가 들어올 땐 꼭 그 창고 곁을 지나야만 했다. 사면은 높다란 벽, 출입구가 있기는 했으나 내 작은 키의 열 배나 더 큰 문은 항상 닫혀 있었다. 그 창고의 존재는 나에게 있어 무지무지하게 큰 공포였다.

　그러던 어느 날, 그 창고의 커다란 문이 삐죽이 열려 있는 것을 보고, 두려움을 참으며 가까이 다가가 문 사이로 들여다본 나는 그만 어이없는 웃음을 픽 터뜨리고 말았다. 그 속에는 구석구석에 주렁주렁 매달린 거미줄과 바닥에 흩어져 있는 가마때기들, 그리고 천장까지 차오르는 어둠뿐이었다. 나는 그 문 앞에 허물 하나를 벗어놓고 돌아섰다.

－서영은의 〈사막을 건너는 법〉 중에서

순간 속에서 영원을

"물밑은 얼마나 푸를까."

"아무도 몰라. 너무 깊어서 검은색일지도 모르지."

"얼어 있을까."

"아니야. 물밑은 따뜻할 테니까."

"정말 따뜻할까."

"분명해. 우리들을 보면 알 수가 있어."

"어떻게?"

"여길 만져봐. 얼굴을 말이야. 차갑지?"

"응."

"그렇지만 여긴 얼마나 따뜻하니. 여기, 마음속 말이야."

"저 얼음 밑이 우리 마음 같다는 말이야? 마음처럼 따뜻하다고?"

"그래. 난 그걸 알아."

"그럼, 물고기들이 살아 있겠네. 이 추운 겨울에도?"

"그렇고 말고. 물고기들은 따뜻한 물을 마시며 마음껏 헤엄치고 있어."

"누나는 그걸 어떻게 알아?"

"난 알 수 있어. 우리 마음을 봐."

"마음……?"

"그래. 네 마음속에 살아 있는 것들이 얼마나 많니."

"맞아."

"뭐가 있니?"

"많아. 움직이는 것들이 많이 있어. 누나는?"

"음…… 낡은 하모니카, 자주색 별들, 사랑, 지난 가을의 노란 은행잎."

"사랑? 은행잎?"

"그리고 또 있어."

"뭔데?"

"너."

"나?"

"그래. 내 마음속에서 넌 물고기처럼 헤엄치고 있어."

"정말이야?"

"그럼, 정말이고 말고. 네 마음엔 내가 없니?"

"아, 아니야…… 누나도 있어. 내 마음속에……."

-하창수의 〈호수에 남은 시〉 중에서

이런 사람

악할 이유가 없어서 착한 사람이 아니라 어렵고 기막힌 데도 환하게 웃을 수 있는 사람.

"난 질투 같은 건 안해" 하며 질투가 얼마나 못난 사람의 감정인지를 설교하는 사람보다 천박한 질투의 감정으로 질펀하게 목욕한 적이 있는 사람.

배운 티 풀풀 내면서 배우지 못한 사람을 팍팍 무시하는 사람이 아니라 배우면 배울수록 넉넉해지지 않고 왜 더 교묘해지는지 왜 소박함에서 멀어지는지 그걸 고민할 수 있는 사람.

약점을 움켜쥐고 열등감 속에 웅크리고 있는 사람보다는 어느 순간 약점을 스스럼없이 내보일 줄도 아는 사람.

인간은 동물이 아니라 이성적 존재라며 무조건 자기 의견이 이성적이라고 우기는 사람보다는 동물의 세계에서 인간세계를 유추할 수도 있는 사람.

인간관계를 중요하게 생각해서가 아니라 라면을 끓여 먹어도 기분 좋은 사람이 있어서 중요한 인간관계가 있는 사람.

밤 놔라, 대추 놔라 일일이 간섭하는 사람보다는 사랑하면서도 때로는 무관심하게 놔줄 수도 있는 사람.

예쁜 게 뭐 중요해? 정말 그렇게 생각하지만 예쁘다고 말해 주는 사람 앞에서 가슴 뿌듯해질 수 있는 사람.

소문날 일은 절대로 하지 못해서 누구에게나 좋은 사람이라고 평가되는 사람 좋은 사람보다 좋아하고 싫어하는 분명한 사람들을 가진 사람.

소크라테스가 말했고 빌 게이츠가 그렇게 했다고 하면 꺼벅 죽으면서 꼼짝 못하는 사람이 아니라 그런데 넌 어떻게 생각하는데? 를 물어줄 수 있는 사람.

돈 있고 힘 있는 사람들이 모이는 파티에 참석하는 것보다 마음 맞는 사람과 도란도란 얘기하는 걸 좋아하는 사람.

나는 이런 사람과 내 생각을 나눠 갖고 싶다.

-이주향의 〈운명을 디자인하는 여자〉 중에서

하느님이 인간을 빚을 때의 일이다.

하느님은 일을 거들고 있는 천사에게 일렀다.

"양쪽에 날이 잘 선 비수와 독약과 사랑약을 가져오너라."

천사가 그것들을 준비해 오자 하느님은 비수의 한쪽 날에는 독약을 바르고 다른 한쪽 날에는 사랑약을 발랐다. 그리고는 그 비수의 형태를 없게 만들어서는 인간의 혀에 버무려넣었다.

천사가 물었다.

"주인님, 왜 하필이면 그것을 혀에 넣으십니까?"

하느님이 대답했다.

"이들에게 가장 중요한 것이 여기에서 나가기 때문이다. 만약 독약이 묻은 칼이 나갈 때는 세 사람 이상에게 상처를 줄 것이다."

천사가 반문했다.

"그 최소한의 세 사람은 누구누구입니까?"

"바로 상대편이지. 또 전하는 사람도. 그리고 이들 못지 않게 해를 입는 사람도 있는데 그것은 바로 자기 자신이지."

"그러나 사랑의 칼날이 나간다면 의사의 메스보다도 더 큰 치유를 하게 될 것이다. 또 고통을 줄여주고 힘을 얻게 할 거야. 그리고 정작 상대방보다도 더 많은 수확이 자신에게 돌아오지."

―정채봉의 〈이순간〉 중에서

새장 속의 새

　보금자리란 아름다운 곳이다. 그리고 그곳이 진정 아름다운 곳이려면 그 보금자리의 문도 언제나 활짝 열려져 있는 상태여야 한다. 그래야 그곳에 살고 있는 새가 자유롭게 비상할 수 있고 쉬러오는 새가 새의 본성을 잃지 않은 채 살아갈 수 있다.

　그곳에 살고 있는 새는 언제나 새록새록 샘솟아오르는 사랑을 위해 노력을 멈추지 않을 것이다. 문을 밖에서 굳게 닫아버린 새장은 더 이상 아름다운 보금자리일 수 없으며 그런 새장 속에 갇혀 있는 새는 이미 새가 아닌 것이다.

－조안리의 〈사랑과 성공은 기다리지 않는다〉 중에서

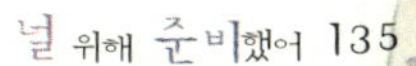

빛을 어둠이라 부릅니다

밤은 인간에게 침묵의 그 깊은 의미를 깨닫게 해줍니다.

환한 낮에 슬쩍 보아넘긴 몇 장의 풍경도 거기에 가라앉아 있습니다. 무심하게 잊어버린 몇 마디의 언어라도 거기에 숨어 있습니다. 인간은 어둠 짙은 짧은 순간의 밤을 통하여 많은 생각과 마주하게 되고 그로 인하여 숨겨졌던 진실들과 만나게 되는 것입니다.

이 밤에 하나의 사랑을 이루지 못한 사람도, 하나의 슬픔 곁에 서 있는 사람도 모두 몇 번인가는 편안함에 사로잡히게 되리라 믿습니다. 그래서 밤은 바람 무성한 날 어린 나를 따뜻하게 감싸주던 어머니의 치마폭처럼 느껴지는지도 모릅니다.

밤을 무덤 같다고 말하는 사람들 곁에서는 웬일인지 세상 모든 것이 아득하게만 보입니다. 밤은 결코 누군가가 죽어 누워 있는 무덤처럼 허망한 것이 아닙니다. 이름 모를 고기떼들이 물길을 따라 흘러다니는 생생한 바다와 같습니다.

밤바다에 나가 보면 밤이 얼마나 깊고 그윽한 것임을 알게 됩니다. 낮에 한없이 흔들리던 바다는 이따금 낮은 음계의 소리를 만들어낼 뿐 말할 수 없는 고요로 멈추어 있고, 수평선 가까이 희미한 빛의 물살을 흘리며 졸고 있는 고깃배 불빛이 밤바다의 우수가 되어 몇 점 다정하게 떠 있는 것을 본다면 이 시간 어디든 지나는 모든 나그네들이 꼭 가보고 싶어하는 푸근한 고향처럼 밤의 겸허함을 대할 수 있기 때문입니다.

–황청원의 〈칡꽃향기 너에게 주리라〉 중에서

남은 이야기들

프라하의 작가 카프카는 말했습니다.

"고향을 알기 위해서는 타향으로 가야 한다."

고향을 떠나 타향을 떠돌며 헤맨 사람만이 비로소 고향의 참다운 의미를 안다는 뜻이 이 말에는 숨겨져 있습니다. 이것이 삶의 그늘과 양지입니다.

마라톤의 살아 있는 신화였던 아베베를 아실 것입니다. 올림픽을 석권하며 세계신기록을 갱신해 나갔던 맨발의 아베베. 우리 나라에도 와서 마치 구운 참새(?) 같이 깡마른 체구로 서울 근교의 마라톤 코스를 뛰기도 했던 선수였습니다.

그러나 신은 말년의 그에게서 다리를 잘라갔습니다. 그 위대했던 육상선수는 병으로 다리를 잃고 끝내는 걷지도 못하는 사람이 되어 휠체어를 타고 살다가 죽어가야 했습니다. 아베베만은 알았을 것이라고…… 저는 이따금 생각합니다. 아베베만은, 인간이 달린다는 일의 진정한 뜻을 알았을 것이라고.

—한수산의 〈밤에서 밤으로〉 중에서

보이지 않는 것

"거슬러오른다는 건 뭐죠?"

초록강은 여전히 웃기만 하고 대답을 하지 않는다. 초록강은 대답 대신에,

"은빛 연어야, 너는 너 혼자의 힘으로 강을 거슬러오른다고 생각해서는 안돼."

하고 말했다.

"그럼요?"

"혼자라는 건 아무것도 아니야. 연어 무리는 특히 그렇지. 연어가 아름다운 것은 떼를 지어 거슬러오를 줄 알기 때문이야."

"왜 우리는 거슬러오르는 거지요?"

"거슬러오른다는 것은 지금 보이지 않는 것을 찾아간다는 뜻이지. 꿈이랄까. 희망 같은 거 말이야. 힘겹지만 아름다운 일이란다."

─안도현의 〈연어〉 중에서

오직 사랑에 의해

저는 인간의 내부에 있는 것이 사랑임을 깨달았습니다. 하느님께서 내게 약속하신 일을 이렇게 보여주시는구나, 하고 생각하니 저는 더할 수 없이 기뻤습니다. 그래서 싱긋 웃었던 것입니다. 그렇지만 전부를 알게 된 것은 아니었습니다. 인간에게 허락되지 않는 것은 무엇인가, 그리고 사람은 무엇으로 사는가에 대한 해답을 저는 아직 구하지 못하고 있었습니다.

……

이제야말로 저는 깨달았습니다. 각자 자신을 걱정함으로써 살아갈 수 있다고 생각하는 것은 인간들의 착각일 뿐, 진실로 인간은 오직 사랑에 의해 살아가는 것이라고.

―톨스토이의 〈사람은 무엇으로 사는가〉 중에서

하루살이 인생

　우물 안 개구리는 바다를 모르고 땅속 굼벵이는 밝은 햇빛을 모른다. 의사는 병만 알고 검사는 죄만 안다. 이렇게 되면 무상한 삶을 제대로 헤아리지 못한다.

　다 안다고 말하는 것은 모른다는 말과 같다. 인간은 변죽만 알 뿐 그 무엇 하나 완전히는 모른다. 사람은 무엇이냐고 물었을 때 단 한마디로 대답할 수 있는가?

　없다.

　나는 나 자신의 근원을 모른다. 그러므로 무엇은 무엇이다라고 단정하지 마라.

　하루살이는 아침과 저녁 사이를 살다 죽는다. 그 하루살이가 밤중이 있음을 모른다. 아침에 태어난 까닭이다. 그 하루살이가 밤중이 있는 줄 모른다. 저녁에 죽는 까닭이다. 역사를 배웠다고 과거를 다 아는 것도 아니요, 점을 친다고 다가올 미래를 알 수 있는 것은 아니다.

　내가 살아 있는 동안이 내 인생이다. 어제는 내가 살았고 오늘은 내가 살고 있는 중이며 내일은 내가 살아갈 것이다. 그러나 그러한 내일들이 나에게 얼마나 되는지 나는 모른다.

－윤재근의 〈빛나되 눈부시지 않기를〉 중에서

순수한 영혼

물고기들은 잠을 잘 때 눈을 감지 않는다. 죽을 때도 눈을 뜨고 죽는다.

그래서 산사 풍경의 추는 물고기 모양으로 되어 있다던가.

늘 깨어 있으라고.

−이정하의 〈내가 길이 되어 당신께로〉 중에서

성냥의 불꽃

하늘에 있는 태양은 혼자서도 잘 타오른다. 그러나 성냥은 무엇인가와 부딪쳐야만 불꽃이 일어난다. 아무것과도 부딪치지 못하면 성냥은 그대로 고체인 채로 남아 있을 뿐이다.

인간도 마찬가지이다. 서로 부딪침으로써 불꽃이 일어난다.

−김수창의 〈누군가 미워질 때 읽는 책〉 중에서

별 무리진 언덕에서

　별빛 아래서 밤을 새워본 적이 있는 사람이라면 알고 있을 것이다. 사람들이 모두 잠들고 난 시간이면 또 하나의 신비로운 세계가 고독과 정적 속에서 눈을 뜬다는 사실을. 그럴 땐 샘물은 더 맑은 소리로 노래하고, 작은 불꽃들은 연못 위에서 춤추며 반짝인다. 산의 모든 정경들이 자유로이 오가고, 대지 속에서는 나무가 자라고 풀잎들이 돋아나는 소리 같은, 들릴 듯 말 듯한 소리들이 들려온다. 낮이 살아 있는 것들의 세상이라면 밤은 죽은 것들의 세상이다.

－알퐁스 도데의 〈별〉 중에서

아름다운 명상

아름다운 명상은 우리에게 늘 한다발의 꽃을 안겨줍니다. 정말 세상이란 우리가 생각하는 것처럼 그리 나쁘게만 볼 것은 아닙니다. 슬픈 사람에겐 슬프게 보이고, 즐거운 사람에겐 즐겁게 보이는 것이 또한 세상이기 때문입니다.

—이명상의 〈삶이 너무 쓸쓸한 것 같습니다〉 중에서

어둠 속의 환한 빛

어둠 속에서 빛을 보라. 흑옥은 다이아몬드처럼 투명하거나 빛을 내지도 않고, 견고하지도 않다. 그리고 에메랄드처럼 기분 좋은 색이 아니기 때문에 건강에 도움도 되지 않으며, 사파이어처럼 순수하지도 않다. 하지만 이는 어두운 세상에서 사는 법과 최고의 지식을 가르쳐주는 철학과 같다.

—발타자르 그라시안의 〈내일을 여는 지혜〉 중에서

살아갈 용기

　비록 땅에 떨어져 발에 밟히는 낙엽처럼 시들어버린 사람일지라도, 누구와 싸울 힘이 남아 있다는 것은, 어떤 어려움 속에서도 살아갈 용기를 가졌다고 할 수가 있다. 싸울 힘마저 잃어버렸을 때가 가장 절망적이다.

　원망도, 한도, 앙칼스러움도 앙금처럼 가슴 밑바닥에 가라앉아버린 사람이라면 그나마 생명도 없이 무감각하게 짓밟히는 돌멩이와 다를 바 없다. 체념과 한숨은 죽음과 가깝다. 원망과 한은 생명의 뿌리이며 희망이기도 하다.

－문순태의 〈미명의 하늘〉 중에서

어둠

어둠은 이유도 없고 이해할 수도 없는, 참으로 묘한 그 무엇으로 내 시각뿐만 아니라 내 영혼에 시원한 감미로움과 휴식을 준다.

잠자는 사람은 자기 주위의 세월과 세상의 질서인 시간이라는 실타래를 감고 있다.

—프로스트의 〈명상의 시간을 찾아서〉 중에서

처음 느낌 그대로

만남보다 소중한 것은 만남을 어떻게 매듭 짓느냐는 것이다. 처음에는 서로에 대한 신선함과 호기심에 가득 차 좋은 관계를 맺기 위해 신경 쓰다가 헤어질 때는 이를 바득바득 갈면서 돌아서는 사람들이 많다. 이래서는 안된다. 우리는 언제 어떤 모습으로 다시 만나게 될지 모른다. 삶이란 예측 불허의 시나리오이기 때문이다.

—정덕희의 〈부드러운 여자가 남자를 지배한다〉 중에서

방법의 차이

어느 젊은 수도자가 하루는 영적 스승인 아자미를 방문하여 물었다.

"스승께서는 어떻게 해서 그토록 높은 영적 성취를 이루셨습니까?"

질문을 받은 아자미가 잠시 생각에 잠겼다가 입을 열었다.

"아마 방법의 차이인 것 같소."

"?"

"나는 글자로 종이를 새까맣게 만듦으로써가 아니라 하늘의 명상으로 마음을 하얗게 만듦으로써 이 경지에 이르렀다고 생각하오."

−유동범의 〈소금〉 중에서

마음의 조화

폭포수 아래에 서 보라. 처음에는 폭포수 소리가 요란하게 들릴 것이다. 그러나 오래 서 있으면 그 폭포수 소리에 동화되어 폭포수 소리를 잊을 때가 있다. 폭포수 소리는 여전한데 마음이 무심해서일 것이다. 이것이 마음의 조화이다.

우리는 마음에 대해 아는 것이 참으로 보잘 것 없다. 이 마음을 밖에서 구할 것이 아니라 자신의 내면으로 들어가야 한다. 자신에 대해 알게 되면 우주의 진리는 문을 열어준다. 왜냐하면 자신은 우주 속의 하나의 소우주이기 때문이다.

－김원각의 〈숟가락은 밥맛을 모른다〉 중에서

창문 밖으로

　나는 이 세상의 것으로는 채워질 수 없는 어떤 불만족을 갖고 있다. 그래서 나는 틀림없이 신이 존재한다고 믿게 되었다. 그렇지 않으면 누가 나의 불만족을 채워줄 것인가? 분명히 다른 세상, 다른 삶의 방식이 존재한다.

　나는 과연 신이 실제로 존재하는지 알지 못한다. 하지만 내 안에는 불만족이 있기 때문에 이 불만족을 채워줄 어떤 장소, 존재의 다른 장소가 있을 것이라고 나는 믿는 것이다. 사실 삶 속에서의 인간의 모든 행위는 자기 내부의 불만족을 채워줄 어떤 장소를 찾는 노력에 다름 아니다. 그러나 그 존재의 다른 장소는 쉽게 얻어지지 않는다. 세상의 만족으로는 그 장소에 다가서기 어렵다. 그래서 우리의 순례는 끝이 없고, 우리는 저마다 어딘가를 향해 걸어가고 있지만 결국 자기 자신에게로 돌아오지 않는 한 다른 종착역은 나타나지 않는다. 어디에도 우리가 머무를 장소는 없다.

－류시화의 〈달새는 달만 생각한다〉 중에서

나는 산을 정복하기 위해 산에 오르지 않는다.
나를 정복하고자 산에 오르는 것이다.
내 마음 안에 우뚝 솟아 있는 산의 정상을 향해 오르고 또 오른다.

보이는 산이야 언제든지
누구에게 정복되어지기 마련이다.
그러나 보이지 않는 산,
즉 내 마음 안에 자리한 산을 정복하고 싶어한다.

다섯
성공이 보일 때

세 번의 기회

　사람은 인생에 기회를 세 번 만난다고 한다. 그러나 실제로 단 한 번의 기회조차 제대로 활용한 사람은 별로 없다. 왜냐하면 그것이 진정한 기회인지, 모든 것을 잃는 유혹인지를 판단하기가 쉽지 않기 때문이다.

　이런 갈등에서 과감하게 자신의 모든 역량을 집중시키는 사람만이 그 기회를 자기 것으로 만든다. 자신이 없어서, 확신이 없어서 등의 변명으로 현실에 안주하는 사람에게는 결코 기회라고 여길 기회는 다가오지 않는다.

　기회란 용기와 노력, 결단의 삼위일체가 이루어져야만 포착되고 실현되는 것이기 때문이다.

－이상각의 《인간관계를 열어주는 108가지 따뜻한 이야기》 중에서

무의식 속의 나

내 안에는 내가 둘이다. 아니 어쩌면 셋이다.

내가 밖으로 내보이고 있는 나와 내가 안으로 숨기고 있는 나와 또 스스로도 헤아릴 바가 없는 무의식 속의 내가 따로 있다.

－구상의 〈유치찬란〉 중에서

착각

진실이 아닌 것을 진실로 착각하고 사는 것은 우리의 삶 속에서 필연적인 것으로 느껴진다. 그러나 착각은 우리의 삶 속에 고통을 심어준다. 왜냐하면 착각은 무한정 이어지지 않기 때문이다.

－이규환의 〈그래서 나는 오늘 정신과로 간다〉 중에서

장애물

 장애물이란 당신이 목표 지점에서 눈을 돌릴 때 나타나는 것이다.

 당신이 목표에 눈을 고정시키고 있다면 장애물이란 보이지 않는다.

돌아오지 않는 사랑

 너는 너 이외의 다른 것에 닿으려고 하지 말아라. 오로지 너에게로 가는 일에 길을 내렴. 큰길로 못 가면 작은 길로, 그것도 안되면 그 밑으로라도 가서 너를 믿고 살거라. 누군가를 사랑한다 해도 그가 떠나기를 원하면 손을 놓아주렴. 떠났다가 다시 돌아오는 것, 그것을 받아들여. 돌아오지 않으면 그건 처음부터 너의 것이 아니었다고 잊어버리며 살거라.

행위 그 자체

  중요한 것은 행위의 결실이 아니라 행위 그 자체다. 그대는 옳은 일을 해야만 한다. 지금 당장 그 결실을 얻는 것은 당신의 능력 밖일지도 모른다. 더 나중의 시대에게 돌아갈 몫일지도 모른다. 하지만 그렇다고 해서 그 옳은 일을 중단해선 안된다. 당신의 행동으로부터 어떤 결과가 얻어질지 당신은 모를 수도 있다. 그러나 당신이 아무것도 하지 않는다면 아무런 결과도 없을 것이다.

—잭 캔필드의 〈마음을 열어주는 101가지 이야기〉 중에서

시작과 끝

　마지막 한 장 남은 달력을 보며 지나간 날들을 아쉬워할 시간이 있거든 새 달력을 구해서 한 장 한 장 넘겨보자.

　과거로부터 무엇인가를 배울 수는 있지만 그것을 취소하거나 변경시킬 수는 없다. 그렇게 했더라면, 그렇게 하지 말았어야 했는데 따위의 생각에 사로잡히느니 다가오는 미래를 위해 오늘 우리가 무엇을 해야 할 것인가를 진지하게 생각하는 것이 중요하다.

　어린이들을 보라. 부모에게 몹시 꾸중을 들었다고 해서 온종일 훌쩍거리지 않는다. 그들은 언제 그랬냐는 듯이 곧 잊어버리고 다른 일에 열중한다. 그들의 머릿속은 우주의 온갖 신비로 가득 차 있어 즐겁게 하루하루를 살아갈 뿐이다.

　12월이 끝나면 1월이 시작된다. 종착역은 시발역을 뜻하는 것. "끝이 좋으면 다 좋다"는 말이 있듯이 "시작이 좋으면 끝이 좋다"는 말도 또한 있을 수 있지 않을까?

－이성언의 〈꿈이 있는 내일〉 중에서

마음의 샤워를 즐기는 법

　기억하는 방법에는 두 가지가 있습니다. 하나는 기록해서 기억하는 것으로, 이것은 이성적으로 의식해서 기억하는 것입니다. 또 하나는 기록에는 남지 않지만 핏속에 흐르고 있는 것으로, 이것은 감성적이고 본능적으로 기억하는 것입니다.

　의식적으로 기억하지 않기 때문에 잊어버린 듯한 생각이 들 때도 있습니다. 그러나 어느 순간 문득, 마음 깊은 곳에서 솟구쳐 올라와 화학반응을 일으킵니다.

　모든 창작활동은 감성적 기억의 화학반응으로 나타나는 결과라고 할 수 있습니다.

　20대인 당신이 지금 훈련해야 하는 것은 핏속으로 흘러 들어가는 기억 방법입니다. 핏속으로 흘러 들어가도록 기억하기 위해서는 영화에서도, 음악에서도, 미술에서도, 그리고 책에서도, 마음의 샤워를 하는 것이 가장 중요합니다.

　반복하고 또 반복하십시오.

　시간과 체력이 허락하는 20대에는 그런 반복을 통해 자기가 진정으로 하고 싶은 일의 핵심들을 완전히 몸 속에 용해시켜야 합니다. 그런 마음의 샤워가 30대, 40대가 되면 자기도 모르는 사이에 밖으로 나오게 되는 것입니다.

－나카타니 아키히로의 〈20대에 하지 않으면 안될 50가지〉 중에서

마음의 산

　　나는 산을 정복하기 위해 산에 오르지 않는다. 나를 정복하고자 산에 오르는 것이다. 내 마음 안에 우뚝 솟아 있는 산의 정상을 향해 오르고 또 오른다. 보이는 산이야 언제든지 누구에게 정복되어지기 마련이다. 그러나 보이지 않는 산, 즉 내 마음 안에 자리한 산을 정복하고 싶어한다. 늘상 때묻지 않은 채 성성하게 서 있는 마음의 산을 기대하면서.

－황청원의 〈마음으로 부르는 이름 하나〉 중에서

미로 속의 주인공

인생에 있어 가장 위대하고 아름다운 여행은 곧 자신을 발견해 가는 모험 속에 있다.

-영화 〈티벳에서의 7년〉 중에서

그는 어디로

완벽주의자는 전체 시를 망칠 때까지 한 줄의 시구를 고치고 또 고친다. 완벽주의자는 종이가 닳아 없어질 때까지 초상화의 턱선을 고치고 또 고친다. 완벽주의자는 시나리오의 첫장을 고치느라고 다음 장을 제대로 쓰지 못한다. 완벽주의자는 관객의 눈치를 보면서 글을 쓰고 그림을 그린다. 일을 즐기는 것이 아니라 끊임없이 결과를 저울질한다.

그는 어디로 가고 있을까?

아무 데도 가지 못한다.

-줄리아 카메론의 〈아주 특별한 즐거움〉 중에서

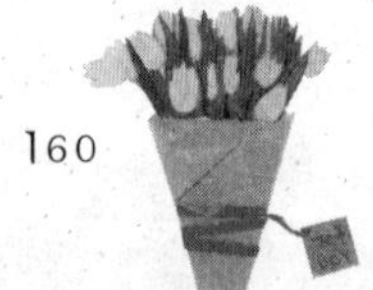

자기 암시

신념이 없으면 성공도 없다. 가난하게 되거나 부자가 되거나 어느 쪽이든 그렇게 되기 위한 자신의 신념에서 비롯된다. 신념은 잠재의식에 자기 암시를 줌으로써 강화될 수 있는 것이다.

신념의 놀라운 힘은 링컨이나 간디의 경우처럼 몇 백만 명이라는 사람들의 마음을 흔들어 움직이게 한다.

－나폴레온 힐의 〈놓치고 싶지 않은 나의 꿈 나의 인생〉 중에서

가상의 적

우리들의 인생은 규정된 장소를 규정된 속도로 순회하는 회전목마와 같다. 내릴 수도 없고, 갈아탈 수도 없으며, 따라잡을 수도 없고, 추월 당하지도 않는다. 그러나 그러면서도 가상의 적과 맞서 치열한 접전을 벌이고 있는 것만 같다.

－무라카미 하루키의 〈무라카미 하루키 단편걸작선〉 중에서

성공 열쇠

　마음가짐이란 결국 밖으로 드러나게 마련이고, 성공을 이미지화할 수 있는 사람은 성공할 가능성이 높다.

　좋은 차를 타고 싶다면 당신이 생각하는 좋은 차의 종류와 색상, 촉감, 처음 운전대를 잡을 날의 옷차림, 옆에 태울 사람 등 세세한 부분까지 상상해 보라.

　성공에 대한 이미지는 생각만으로 지속될 수 없다. 이미지를 구체화할 수 있는 뒷받침이 있어야 한다.

　경험과 지식, 실적은 자기가 움직인 만큼 얻게 되는데, 그만큼 당신의 이미지는 선명해지고 구체화되어 간다.

　성공에 대한 이미지를 하나하나 쌓아가 보라. 성공이 자연스럽게 다가올 것이다.

−나리카와 도요히코의 〈아침을 여는 3분 성공체크〉 중에서

멈추지 않는 마라톤

난 지금도 뛰고 있다.

3차, 4차의 마라톤을 항상 계획한다. 그것이 마라톤의 모습으로 나타나기도 하고, 또 다른 모습으로 나타나기도 할 것이다. 그리고 내 삶의 내용과 그러한 선택에 후회 따위는 전혀 없다. 단지 내용의 작은 차이일 뿐이다. 내가 버리지 않는 하나의 내용은 새로운 시도 그것뿐이다.

그러므로 나의 레이스에 골인 테이프는 없다. 내 앞에 골인 테이프를 강요하는 것이 나의 가장 큰 적이다.

"내 앞의 골인 테이프를 걷어치워라!"

―주병진의 〈건방을 밑천으로 쏘주를 자산으로〉 중에서

성공에 대한 자신감

"실패는 성공의 어머니"라고 말하지만 사실은 그렇지 않다.

"성공은 성공이 낳는다."

사람은 한번 실패하면 대부분 소심해진다. 일을 추진하는 도중 짬짬이 실패의 기억이 되살아나 성공에 대한 확신을 뒤흔들기 때문이다.

무엇이건 새로운 일을 시작할 때는 반드시 위험이 따른다. 위험을 두려워해서는 도전할 수 없다. 결국 어떠한 일을 시작하도록 결심을 굳히는 것이 용기이다. 처음부터 자신을 갖고 할 수 있는 것은 전례를 답습하는 일밖에 없다. 따라서 자신감에 앞서 용기가 필요하다.

―후미히코 가지의 〈위기의 성공학〉 중에서

진정한 용기

　직장을 그만두는 사람이 용기 있다고 누가 말하는가.
　그것은 숨을 쉬려고 바둥거리다가 빠져나가는 사람을 용기 있다
고 말하는 것과 같다.

–리처드 보드의 〈넓고 넓은 바닷가에〉 중에서

긍정적 사고

　낙천적인 어법을 몸에 익힌 사람("몸이 완전히 부서져버릴 것만
같아. 하지만 오늘 난 정말 많은 일을 해냈어")은 흔히 실제 능력 이
상의 결과를 얻게 된다. 그것은 타고난 잠재력이 현실을 긍정할 줄
아는 낙천적 태도로 인해 효과적으로 실현되기 때문이다.
　반면에 부정적인 어법에 익숙한 사람("그건 역시 내 능력보다는
운이 더 컸기 때문이야")은 흔히 자책감에 빠져 자신의 길을 스스로
가로막곤 한다.

–도리스 매틴의 〈EQ〉 중에서

새로운 인생을

　꼭 죽었다 살아나야만 인생을 바꿔 살 수 있는 것은 아니다. 생각만 바꾸어도 인생은 180도 바꿀 수 있다.

　우리 인생이 한 방향으로만 무의미하게 흘러가는 것은 바꿔 살려는 의지가 없기 때문이다. 아무것도 씌여지지 않은 하얀 종이와 같은 새로운 삶이 매일매일 눈앞에 전개되는 데도 타성에 젖어 과거를 되풀이하기 때문이다.

　나를 바꾸면서 살아가야 한다. 새롭게 열린 오늘을 내 것으로 만들어야 한다. 과거의 삶이 옳은 것이었다면 더 향상시키기 위해서 노력하고 과거의 삶이 잘못된 것이었다면 깨끗이 지우고 새롭게 시작해야 한다.

－송천호의 〈나는 내가 바꾼다〉 중에서